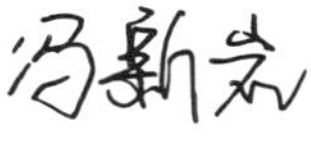

把简单的事情做好就是不简单

把平凡的事做到极致就是非凡

"大国工匠人物传"丛书

冯新岩

万家灯火的『守光人』

赵静怡◎著

中国工人出版社

图书在版编目（CIP）数据

冯新岩：万家灯火的“守光人”/赵静怡著.
北京：中国工人出版社，2025. 4. -- ISBN 978-7-5008-8582-5

Ⅰ. I25

中国国家版本馆CIP数据核字第2025UY4671号

冯新岩：万家灯火的“守光人”

出版人	董　宽
责任编辑	刘广涛
责任校对	张　彦
责任印制	黄　丽
出版发行	中国工人出版社
地　　址	北京市东城区鼓楼外大街45号　邮编：100120
网　　址	http://www.wp-china.com
电　　话	（010）62005043（总编室） （010）62005039（印制管理中心） （010）62379038（社科文艺分社）
发行热线	（010）82029051　62383056
经　　销	各地书店
印　　刷	三河市万龙印装有限公司
开　　本	880毫米×1230毫米　1/32
印　　张	6.5
字　　数	109千字
版　　次	2025年6月第1版　2025年6月第1次印刷
定　　价	49.00元

国之大者，工匠先行

——“大国工匠人物传”丛书总序

在中华全国总工会成立100周年之际，全国总工会宣传教育部、中国报告文学学会、中国工人出版社联合开展了“文艺工作者走基层”活动，推出“大国工匠人物传”丛书，向全国总工会献礼，向广大劳动者致敬！

“知者创物，巧者述之守之，世谓之工。百工之事，皆圣人之作也。”这是中国所见年代最早的关于手工业技术文献《考工记》中对工匠的记载。“工”之责在于造物，“匠”者为能工鼎识者也。

幼时，老家云南昆明大板桥的老街上，从南头到北头，都是大大小小的手艺人，木匠、石匠、焗匠、骟匠、竹篾匠、鞋匠、箍桶匠……空气中飘荡着木匠的刨花香和石匠敲打出来的粉尘，充满着焗匠手中皮带的“吱扭扭”声、骟匠刀下小猪猡的闷哼、箍桶匠皮锤不轻不重的敲击声。老街上的竹篾匠是我的一个表姨夫，他来自四川，有着一手出神入化的编造竹篾手艺。粗壮的毛竹是表姨夫手中的“百万雄兵”，在一把锋利无比的刀的指挥下，被劈成厚薄、粗细不一的篾。表姨夫的本领仅次于撒豆成兵的天神，他能化篾成物，一般家里能见到、用到的器物，他都能用竹篾编出来。母亲曾命我在老街上买一个暖水瓶的内胆，然后去表姨夫的摊位上，坐等他为暖水瓶胆编制一件竹制的外壳。那个暖水瓶至今还在我家老屋的一个角落里。竹篾壳早已被岁月包了浆，虽然久不使用，却依然油润、红亮。这便是我幼时对匠人的记忆。

五千多年的中华历史长河中，涌现出了无数能工巧匠，他们或如明月光照，或如星河璀璨。一代代薪火相传的工匠精神，不仅成就了那些流芳百世的绝世建筑与器物，更是烛照我们通向文明现代化进程的精神之光，是我们文化的自信心、民族的根与魂。

从“嫦娥”探月到“祝融”探火，从“北斗”组网到“蛟龙”深潜，从港珠澳大桥横跨三地到大兴国际机场凤凰腾飞……这些挺起中华民族脊梁的大国重器、世纪工程背后，无不凝聚着万千工匠的心血和汗水，映照着工匠们孜孜以求、拼搏奋进的身影。

本套丛书收录的是全国总工会历年评选出的大国工匠

的人物传记。他们当中有焊接高铁的“工人院士”李万君、打破国外高端设备维修垄断的王树军、让中国锻件立于世界之巅的刘伯鸣、“人刀合一”的顶级钳工李凯军、在高空“穿针引线”的竺士杰、油田里的创新能手刘丽、了不起的“钢铁裁缝”艾爱国、数控机床上的“雕刻师”孟维、让三星堆文物“活”起来的郭汉中……他们有的是传统加工业的锻造者，为了突破技术瓶颈精益求精；有的是新兴制造业的探路者，为了实现精密制造巧思妙想；有的是军工行业的铸剑者，为了打造国之重器默默坚守；有的是民间手工艺的守护者，为了传承非遗文化精雕细琢……他们奋战在国防军工、装备制造、传统工艺等行业的第一线，以久久为功的钻研和创新，造就了一个个传奇。

这些杰出的工匠，尽管行业不同、岗位不一，成长经历各异，但他们都有着爱党爱国、敬业奉献、创新争先的优秀品质。他们耐得住清贫与寂寞，用灵巧的双手和精湛的技艺，数十年如一日地在平凡的岗位上雕琢自己心中的梦想，以实际行动诠释着“执着专注、精益求精、一丝不苟、追求卓越”的工匠精神。“天下大事，必作于细。”工匠精神既是中华民族技艺世代传承的价值理念，又是中国开启新征程，从制造业大国迈向制造业强国的时代需要。

“大国工匠是我们中华民族大厦的基石、栋梁。”2024年3月5日，习近平总书记参加十四届全国人大二次会议江苏代表团审议时强调“树立工匠精神”，指出“没有金刚钻，揽不了瓷器活”，要“把第一线的大国工匠一批一批培养出来”。党的十八大以来，习近平总书记对建设高素质劳动大军高度重视，强调“当代工人不仅要有力量，还要有智慧、有技术，能发明、会创新，以实际行动奏响时代主旋律”，深刻阐述工匠精神“执着专注、精益求精、一丝不苟、追求卓越”的内涵要义，号召全社会弘扬工匠精神，“为全面建设社会主义现代化国家、实现中华民族伟大复兴的中国梦提供有力人才和技能支撑”。

“匠心聚，百业兴。”无论是传统产业，还是新兴产业、未来产业，大国工匠在发展新质生产力的历史进程中不可或缺。随着经济发展方式转型和产业结构升级，中国要实现由制造大国向制造强国的转变，实现由中国制造向中国创造的跨越，离不开广大劳动者的创新和创造，更离不开对工匠精神的继承和发扬，于是呼唤更多大国工匠成为时代强音。

文艺是时代进步的号角，最能代表一个时代的风貌，最能引领一个时代的风气。中国报告文学学会、中国工人出版社联袂推出“大国工匠人物传”丛书，以图书的形式为大国工匠树碑立传，让他们的故事和精神具有更广泛的交流传播价值和长久的史料价值。本套丛书的写作者奔赴大国工匠生活的城市，深入大国工匠工作的厂区、车间、工作室，获取了全面细致的第一手材料，最终将大国工匠的成长、成才故事呈现在读者面前。

“大国工匠人物传”丛书讲述的是个人奋斗史，也描绘出大国工匠的群体形象。可以说，这套丛书是目前国内系统研究众多大国工匠人生轨迹的权威读本，既有对每位大国工匠的整体介绍和事迹梳理，又有具体的事件、案例，全面、生动地展示了大国工匠各个人生时期的工作和生活状态。

新时代是奋斗者的时代，中国式现代化建设新征程这一宏伟事业为广大工匠技能人才成就梦想提供了广阔舞台。每位劳动者都是主角，都可以成为工匠精神的践行者。大国工匠是新时代的最美奋斗者，更是和平年代当之无愧的英雄。

国之大者，工匠先行，向着中华民族伟大复兴的目标砥砺奋进，行稳致远。

是以为序。

目　录

冯新岩这才知道，他的成绩竟然是个人第五名，而山东代表队喜获团体成绩第一名！10 月 22 日，凯旋。一周之后，也就是 10 月 28 日，冯新岩和侯娟娟步入婚姻的殿堂。

冯新岩他们被形象地称为“电网医生”，就是为 500 千伏及以上的特超高压电网设备进行试验检测，及时发现隐藏在这些设备中的隐患并精准判别，为电网安全运行提供技术支撑。

姨夫说：“山东省电力学校可是中专里的‘北大清华’。”于是，冯新岩毫不犹豫地报了山东省电力学校，就读发电厂及电力系统专业。此后，冯新岩便与电结下了不解之缘。

在业界，冯新岩被同行尊称为“冯尔摩斯”，因为他总能解决别人解决不了的问题。还有人说：冯新岩是“电力扁鹊”，能让有缺陷的特超高压变压器“起死回生”。

引子

一

高树苍苍，花草芬芳，红砖灰瓦的建筑静静地隐在岁月中。道路两旁的店铺有的招牌已褪色，但独特的韵味依然。人们有的在买早餐，有的提着包匆匆地赶去上班，还有的则领着蹦蹦跳跳上学的孩子。走在街上，仿如穿越一条弥漫着烟火气的时空隧道。

这里是老济南的中心街区。一个人也会出现在这条街

冯新岩荣获全国五一劳动奖章

道上。他个头儿不高，头发竟有些花白，一脸憨厚朴实，走在人群中，就像一滴水汇入了江河。

不同的是，这个人常常走得早，回得晚，所以你并不是每天都能看到他。真的，也许在那些喧嚣消失之后，才会出现他踽踽独行的身影。

这个身影就是全国五一劳动奖章获得者、2022 年“大国工匠年度人物”、国家电网公司首席专家，也是世界特高压换流变领域的顶尖专家冯新岩。

二

去往单位的路上，冯新岩会看到越过头顶的高压线。

看上去细如银丝的长线，事实上如成人胳膊一般粗实。如奔腾的江水，从遥远的地方滚滚而来，越过无数高山峡谷，仍然坚韧不拔地向前。

烟云飞过，雾气缠绕。久久地望，你会把整齐划一的“银线”看作一架琴，一架巨大无比的琴，叮咚奏响时代的凯歌。

中国特高压技术，是人类发展史上的电力输送奇迹。而特高压工程的“心脏”，便是高达几米、重达数百吨的“变压器”。

是的，设备运行，故障难免。“心脏”的跳动也会出现这样那样的问题。冯新岩就是专门守护作为“大国重器”“中国名片”的特高压最核心部件的安全，为这些部件“治病”的。

扎根一线25年，冯新岩练就了世界一流、国家和行业顶尖的技术水平，创新成果累计创效近4亿元，避免设备故障损失超过10亿元。

冯新岩正装照

第一章 风华尽显

扬子江浪潮翻涌，古都南京灯火璀璨。

时间的大钟敲响了 2023 年 2 月 28 日的夜晚。由中华全国总工会、中央广播电视总台联合举办的 2022 年“大国工匠年度人物”发布仪式正式举行。

2023 年是深入学习贯彻党的二十大精神的开局之年，“大国工匠年度人物”评选进入高潮。经过各级工会推荐选拔、专家评委会评审，推选了 50 位 2022 年“大国工匠年度人物”候选人。

国网山东超高压公司电气试验工冯新岩在列。

而后，从 50 位候选人中产生 10 位 2022 年“大国工匠年度人物”。

冯新岩依然在列。

也就在 2022 年初，冯新岩从 100 多万名电网职工中脱颖而出，当选为国家电网公司第一批首席专家，成为电力相关领域技术高超、技艺精湛的拔尖人才。

音乐响起，彩灯闪烁，激动人心的时刻到了。冯新岩的名字出现在屏幕上。巨大的光束中，冯新岩登上舞台，接受奖杯和掌声。那是国家给予生产一线最优秀职工的荣誉，是冯新岩拼搏奋进、无私奉献取得的荣誉。

发布活动现场，主持人以轻松明快的语调跟冯新岩交流。谈到冯新岩是从特超高压现场来，主持人似乎要在众目睽睽之下“刁难”一下他：“冯师傅，听说您有一套‘望闻问切’的绝活儿，那么，现在您能从 5 种不同的变压器运行声音中辨别出什么异常吗？”

冯新岩当然不在乎这种善意的“刁难”。在实际现场，他遇到的问题还少吗？

会场立时变得格外安静，舞台上真就出现了变压器的各种声音。观众们神情紧张，心都悬起来：这可是来真

冯新岩在“大国工匠年度人物”颁奖典礼上接受采访

冯新岩在“大国工匠年度人物”颁奖典礼现场

的呀！

冯新岩没有任何犹豫，立刻说：“实际上，这里边正常的是第三段。第三段的声音比较复杂，里边有一个‘嗡嗡’声，那是变压器正常运行发出来的，同时有‘呲呲’的声音，那是变压器引线在外表空气中的电域放电，这在特超高压变电站都属于正常的声音。”

冯新岩的工作即是在几十万伏乃至百万伏电磁环境中寻找异常声音。现场中，风声、电晕声、设备运转的噪声夹杂在一起，静电像针扎一样刺痛皮肤，而从混杂的声音中辨别出设备内部细小的异常放电，通过传感器分析出十亿分之一秒级数据的差别并准确定位设备故障位置，这在常人看来不可思议的事情，却是冯新岩二十多年来练就的拿手本领。

冯新岩的沉稳作答让主持人惊讶，全场爆发出热烈持久的掌声。

下来后，冯新岩又被记者围住。冯新岩一一作答，也由衷地表达着内心：“劳动创造幸福，技能成就梦想。作为一名基层电力工人，能够登上‘大国工匠年度人物’的领奖台，我感到光荣又激动。从心里说，我非常感谢公司多年的培养和支持，我要更加努力地坚守在生产一线，发

冯新岩参加中国共产党第二十次全国代表大会

扬大国工匠精神，用新技术、新方法和新工具去解决实际问题，提升现场工作效率……”

回到酒店，冯新岩长时间不能入睡，他想给妻子打一个电话。看看表，太晚了，妻子和孩子应该已经休息了。

冯新岩想起，这么多年，自己在外奔波忙碌，解决变压器检测领域的各种问题，而自己的妻子侯娟娟却从喜欢的医学岗位退回家庭，一退再退，默默地站在自己身后，无怨无悔地支持着他。

此刻，冯新岩遥望夜空。下弦月在云层中时隐时现，几颗星星伴在月亮身畔，似乎在轻柔地呢喃。天幕幽蓝，涌入宇宙的深处……

第二章 傲立潮头

一

风好大。

考虑到安全和环境，高压线穿越的地域一般是人烟稀少的地方，很多都是荒郊野地，变电站也必然安在了野外。

风没有办法对付一根根高压线，在变电站那样的大家伙面前也显得力不从心。风只能从它们的缝隙中穿过去，有时带着一阵雨，有时带着一场雪。

这是冯新岩参加工作后的现场实践，这次他们到达的是淄博山区的变电站。

山谷中的厉风带着呼啸，一路狂奔。冯新岩等人还没到地方就遇上了。他们当然不会掉头回去，既然来了，就必须完成任务才会收兵。

跟着师父王宝利，冯新岩一直在跑现场。

进入山东超高压公司后，冯新岩被分到电气试验班，即通过各种试验，检查设备性能。例如，大型变压器的绝缘性能，一旦有了隐患，超高压环境下设备就可能被击穿，造成难以估量的损失。

师父说：“不到变电站现场体验各种变压器设备，就不会真正了解我们的工作，也就无法保证试验的良好效果。”所以，野外是冯新岩他们最常去的地方。

师父总是笑着说：“常去这里好啊，能经常享受到大自然，享受到野性的风，看到绿草、树木和农田。”

确实，冯新岩发现书上学的和现实中接触的，差距还是很大的。尽管他的专业课程顶呱呱，但以前的理论都是针对传统老设备的，没有想到超高压电网如此超前。

师父说：“这是咱们国家目前最先进的设备，所以要多看看，多实践。”

在超高压公司有严格的安全规定，尤其是在设备带电情况下，必须有经验丰富的负责人或师傅带领才能进入一线，动手操作。人们爱说“电老虎”，电看不见摸不着，却像老虎一样凶险，一不小心触电则可能危及生命，便是大事故。

在现场，只要遇到不懂的问题，冯新岩就会拉着师父问个不停。他还是那个“老毛病”，爱打破砂锅问到底。师父三言两语的回答总觉得不过瘾，冯新岩非拽着师父说得唾沫星子干才算完。

多年以后，王宝利对冯新岩的执着记忆犹新：“这个冯新岩呀，不把问题搞明白，绝不会让人消停！”

师父也会像学校的老师那样被冯新岩问住，就哈哈笑着说：“你这个徒弟呀，我可是带不了啦，过不了多久，你就得成我师父了！”

冯新岩不好意思了，说：“哪里呢，师父！人家说师父领进门，修行在个人。我这是为了不辜负师父呀。再说了，师父就是师父，什么时候您都是我师父。”

师父真的解答不了的问题，冯新岩就积攒下来，等到遇到厂家技术人员或相关专家时，再一股脑地兜出来。

大家发现，这个年轻人来了没两年，笔记本却记了一摞。

风还在刮着，不过比来时小了些。

师父带领着年轻人冲进了变压器现场。

忙了一天，钻在变电站的临时宿舍里，师父总结完当天的工作，便让大家休息。

已近深夜，月光照进窗子。冯新岩还在读着，写着，他要把当天遇到的问题归总，免得明天又有了新问题。这是他的习惯了，做事不愿拖拖拉拉。

在别人看来，这是什么事情呢？就是自己找的事情，可做可不做的事情，因为你只要跟着师父把该走的程序走完，事情做利落就可以了。不承想这年轻人还多给自己找了许多“麻烦”。

不觉已是后半夜，月亮偏到了东边，星星隐在了天河之中。

勤奋好学，加上虚心求教，冯新岩慢慢地将专业知识了然于胸。

二

2003 年，超高压公司接到通知，国网山东省电力公司（以下简称山东电力）将在全省范围内开展电力绝缘油分析技术比武，所属单位都要派员参加。

这可是个好消息，不少公司都跃跃欲试，挑选精兵强将，即刻操练。

超高压公司的领导坐在一起开会，感到有些为难。超高压公司是新单位，刚组建不久，对员工还缺乏足够的了解。更要紧的是，公司从 2002 年才开展油务化验，年底才把试验室建起来，算下来一年时间不到。而其他公司的油务化验已经搞了几十年。

有领导说："反正上级知道咱的情况，即使拿不到名次也会理解。"

有领导说："咱还是响应一下，该配合配合，让各部门推荐人选吧。"

通知传达下去，引起了不小的反响。有的人表现积极，多数人则畏首畏尾。

冯新岩的师父王宝利说："冯新岩可以，让他去吧，年轻人脑子活，爱钻研，锻炼锻炼好！"

最终，公司确定了冯新岩等几个年轻人。

接到通知的那一刻，23 岁的冯新岩有点儿蒙，自己在学校学的专业跟油务化验根本不沾边啊！而且刚到单位两年，他对油务化验只是简单地接触过。从实力对比上，自

冯新岩（前排居中）在全国配电线路工技术比赛中获奖

己仅是中专毕业，全省那么多高学历人才，听说还有清华、北大的。自己去了，几个回合，还不被斩于马下？

有人说：“让你去就去，反正是练练兵，长长见识。”

有人说：“新岩，咱这可是新公司，为啥选派你们几个未婚小青年去？不过是让你们去‘打打酱油’，掺和掺和。”

公司倒是给了几个人充足的复习时间，以前学的和没学的，都从头开始。

有人悄悄地对冯新岩说："听说了没，很多单位都在秣马厉兵，积极准备呢。我有个亲戚在别的公司，人家可是从哪里找了专家，认真地进行培训和指导呢。咱公司可没啥大动静呀！"

冯新岩有些释然了，"这倒也好，自己作为一名新员工，把劲儿使足就是。关键是趁着这次机会感受一下大比武的氛围，跟兄弟单位多学习学习"。

到了集中地点，冯新岩听到一个亲切的声音，"小冯，你也来啦？"原来，这是山东电科院的老师。

2002 年，公司开展油务化验时，这位老师曾指导过冯新岩，觉得这个年轻人虽然接触油务化验时间短，但悟性高，操作水平很好，是个难得的人才。

冯新岩高兴地打招呼："老师好，您也在这里呀。"

老师说："我还想着，这小冯会不会来参加比赛呀？好，这么多年来，我见过两个具有慧心、操作稳当的，你是其中一个。这次比赛你一定要全力投入呀，争取拿个好成绩！"

老师看着冯新岩，接着说："我可听到有人说你们是'打酱油'来了，可不能有这种想法啊。"

冯新岩的自尊心立时被激起来了，说："老师，我才不想‘打打酱油’、掺和一下就走。”

老师说：“对呀，要掺和，就打起精神，‘使劲掺和’一把！”

老师的眼里放出慈父一般的光芒，冯新岩感觉到了莫大的鼓励和信任。多年后想起来，他从心底里感激这位老师。

三

接下来，便是努力备战。

那是一本像砖头一样厚的理论参考图书，密密麻麻的字和图让人看了头疼。冯新岩却读得津津有味，他本是一个爱学习的人，一拿到书便沉了进去。

冯新岩对几位同事说道：“虽然公司新成立不久，有这样那样的客观条件，但不是‘打酱油’的理由，我觉得，既然公司让咱们来了，咱们就应该全力以赴，认真对待。”

一个同事说：“好啊，新岩说的是，咱们到了战场上，必得好好拼杀一番！”

另一个同事说：“那天你和老师说的话我们都听到了。你有信心，我们也有！”

大家会心地笑了。

每天 5 点钟，冯新岩便从床上爬起来，去外边找一个僻静的地方，捧着大部头的参考书翻看。

绿柳扶苏，野草蓬茸。这个环境让冯新岩想起了电力学校。他就是在那个舒适惬意的环境下，阅读和记忆了很多知识。

他躲在一角，如蚂蚁啃骨头般，点点吃进。

日光移动，影子由短而长，又由长而短。仿佛精卫填海，从理解到记忆，艰深的知识一点点印入冯新岩的脑海中。

比赛前夕，冯新岩已经对书上的知识全部透彻理解，精心掌握。他去找几位同事，大家一起相互提问，还真没有难住他的。同事说：“哈，新岩，还真有你的，我们有的还磕磕绊绊，你却对答如流了。”

冯新岩说：“还有几天时间，咱们把磕绊的地方再磨磨。”

众人说：“好，这一对题，真来劲儿了！”

进入赛场时，冯新岩向几位同事示意，大家有的笑着举举拳头，有的挤了挤眼睛，走向各自的位置。

到了跟前，几个人却有些蒙：现场的仪器、设施布置与平时训练的区别很大。

冯新岩赶紧调整心态，力争正常发挥。其他几位同伴也是尽力向好。

比赛是全面考核，要根据单位的组织流程、重视程度及学员平时的练习情况，综合分析评比。

最终，经评委们一致认定，冯新岩及同事拿到团体第三名的好成绩。

超高压公司爆了冷门，扔下了一颗“炸弹”。几个年轻人的获奖不仅让山东电力的领导为之刮目，也让全省电力职工颇感意外，这超高压公司不容小觑，真是藏龙卧虎呀！超高压公司领导也没想到，他们派出“打酱油”的几个小伙子，竟然打出来了亮晶晶的“石油”。

四

转眼三年过去。

2006 年，一个更加激动人心的消息来了：中国电力企业联合会要举办全国电力行业电气试验工技能竞赛。

同事们说，这可是破天荒的大事，国家还从来没举办过这个专业的大赛呢。连老职工都说，这种电气试验工技能竞赛，迄今为止是唯一的一次。

与上次不同，这次超高压公司领导们开会认为：不能再像三年前那样，咱们现在是兵强马壮，有了上次的较量，说明咱们还是有实力的。山东电力也尤其重视这次竞赛，选了最好的教练，先在内部进行试验性比赛，选拔出真正优秀的员工代表山东电力出征。

开始，几名教练并没有特别在意冯新岩，几次理论测试下来，发现这小伙子考得都不错，拟定名单时，参照之前的比赛成绩，便把冯新岩选上了。

时间在往前走，冯新岩心里有点打鼓："什么时候比赛呢？"

这天，冯新岩正式接到通知：做好准备，集中培训。

培训日期也定了。

冯新岩有些激动，他的激动还有另外的原因，这么赶巧，如果提前或错后一些时日就好了。他算了一下，先是培训，再是比赛，那个日期，差不多在 10 月前后。唉，会不会影响那个日子？那个已久藏在心底的日子，他还对谁都没有说呢。

这段时间，冯新岩做足了心理准备，就是盼着那一天的到来。那一天对于他来说实在太有意义，可称划时代的意义。

那一天，是 2006 年 10 月 8 日。

第三章 幸福来敲门

一

冯新岩参加工作的第五个年头，也就是在单身宿舍住到 25 岁时，他恋爱了。

也许是上天觉得，这个年轻人需要一个人来陪伴，分担家庭的责任和生活的喜悦，就给他安排了一位善解人意、美丽贤淑的姑娘。让他有一个贤内助，把一切都托付。

冯新岩天生体质较弱，每年动不动就会感冒几次，只要感冒了，就爱发烧，就得去医院看医生。

这天，他又感冒了，38.5 摄氏度。好在不用往别的医院跑，省电力医院就在附近。

医生给开了药，冯新岩下楼到注射室挂吊瓶。

这个时候正忙着，不是医护人员忙，而是冯新岩在忙，他的手里还拿着图书和本子。只要有时间坐下来，他就翻到正看的地方，忙自己的事情。

一个声音叫了一声冯新岩。冯新岩伸过手，还没怎么在意，针已经扎上了。一点感觉都没有啊！从小到大多少次进医院扎针了？记不得了，可这是第一次让他在没有任何感觉中，把针扎上了。

他不由抬起头，看那个已转身离去的背影。那个秀挺、袅娜的背影又走向另一位患者。她猫下腰，轻声而温柔地问了患者的名字，消毒，扎针，再用胶布轻轻地固定。

是呀，刚才她也是这么做的，温柔的声音似乎还留在耳边。

再来挂吊瓶，还是她。

冯新岩这次把书本放下了，他要看着她操作，这样显得尊重一些。冯新岩看到了护士的名牌：侯娟娟。名字同

冯新岩和妻子侯娟娟

她的人一样美好，一双大眼睛，虽戴着口罩，但那双眼睛时刻都在说话，在笑。

有时候，冯新岩翻书、写字跑了针，她便走过来，轻轻地动一下，或粘上一点胶布，便恢复了正常。

这时，那双眼睛会看着冯新岩笑笑，意思是说，“没事了，有事再叫我”。

冯新岩的病症很快减轻了，咳嗽也好多了，不再需要打针输液，也不用再往省电力医院跑了。

但冯新岩总觉得有什么东西丢在了那里。有时候翻书，翻着翻着便会出现一双眼睛，那双眼睛是那么熟悉，就像初升的月牙。他真的希望再发一次烧，最好超过 38 摄氏度，这样就可以再输一回液了。

当然，这都是晚上没事的时候想想。白天的冯新岩照旧很忙，跑现场，查数据，看资料，时不时还要出趟差，省内或省外，忙到连那个单身宿舍都感到了寂寞。每次回去，小屋冷清清的，他也就往床上一躺了事。

第二天起来，随便洗洗，工装一穿，冯新岩带上门便走了，把宿舍留在一天或几天的寂寞里。

二

这天，冯新岩又感冒了。

“怎么，还是你呀？”侯娟娟看到他，笑起来，关切地说，“平时注意点才好，发病初期可以熬点姜汤，预防一下。”

扎上针，冯新岩又开始看书写字。

这人怎么这么忙呀？侯娟娟瞟一眼冯新岩。自打这小伙子来输液，她便看出来了，这是个对待工作特认真的人，也是个爱学习的人。现在的年轻人，这样用心的可不多了呢。随之她又笑起来，心想自己想这些干啥？脸上便觉一阵烫。

有时冯新岩沉迷在书中，忘了看点滴，猛然想起来抬头，却又遇到了那双微笑的眼睛，那双眼睛正盯着快要滴完的液体。

冯新岩便知道了，侯娟娟一定是看他太认真，就帮他看着呢。

两个人慢慢地聊起来。冯新岩知道了侯娟娟还是一个人，侯娟娟知道了冯新岩在超高压公司上班，是不是一个人尚不清楚。不过一会儿，冯新岩便告诉侯娟娟了。冯新岩本来不是有意的，是侯娟娟说话逗出来的。

那是输第二瓶液的时候。

冯新岩本来来得有些晚，基本到了下班时间。侯娟娟正好是晚班。

外面天已黑了，一场雨悄然而至。屋子里灯光明亮，起先没有人察觉。直到雨来，响起了雷声，才惊动了屋里的人。

冯新岩哎呀一声，说：“坏了，我晾在外边的衣裳！”

侯娟娟笑了，说：“这个时候才想起来，你家人还不早帮你收了？”

冯新岩接着说："哪有呀，我是自己一个人。本来洗了打算明天出差穿的，这下可好了，都成了落汤鸡，一夜也干不了。"

侯娟娟笑着说："你没听天气预报吗？不过不要紧，我这里有吹风机可以借给你，你回去拣着要换的，先吹干就好。"

侯娟娟又说："回去以后，先把衣服尽量拧干，再找毛巾或浴巾什么的，把衣服摊在上面，使劲卷，这样就会吸走不少水分。"

看冯新岩认真地听，侯娟娟还在强调："不要图省事，来回多卷几次啊，如果毛巾、浴巾多就更好了。这样再吹，便干得快了。节省下时间，早点休息，要知道，你还没好利索。"

冯新岩很高兴，他要感谢这场雨，让他对这个姑娘有了更多的了解。

侯娟娟同样也很高兴，因为她知道了冯新岩也是一个人过日子。

三

之后，冯新岩就出差了。冯新岩这趟差出的时间有点长，他跑了好几个地方，回来又下工地去了。

侯娟娟每天上班，不见冯新岩来。当然，冯新岩也不可能经常得病是吧？只是这人真的好长时间没来了，是不是在外面出差时生病了？

侯娟娟有些心急，她突然就担心起来。尤其晚上值班的时候，她多么希望冯新岩能出现在眼前啊。

冯新岩也在想着那个白房间。也怪，只要到了那个房间，自己的病就好了一半。冯新岩实际上还是个老实人，他不会找个借口去一趟电力医院吗？唉，他还真不会。

不过他想到了另一个“高招”，下次病了，专门趁她快下班的时候去，找个理由，让她到自己的宿舍帮着挂吊瓶。如果她拒绝，说明缘分未到；如果她同意，就说明事情有些靠谱。

还真是，没多久，冯新岩真的又病了。

按照一年差不多有个三四次的比例来说，这一年冯新岩生病的次数还真不少。

冯新岩觉得这是把明年的病给“预支”了，但愿明年不会这样了，大病不犯，小病不断的。

这次冯新岩走进注射室的时候，侯娟娟的眼睛立刻就亮了，不，是立刻就“花”了，那是泪花。不过，她很快就掩饰过去，没有让冯新岩发现。

侯娟娟说："怎么，你又病了？出差着凉了吧？"

冯新岩笑着说："这感冒总是找我麻烦，不过它就怕我来这儿，一到这儿，它就吓跑了。"

侯娟娟呵呵地笑起来，说："你这人，几天不见倒幽默起来了。"

冯新岩说："好像我来得不是时候，你要下班了吧？"

侯娟娟说："没事，我可以给你扎上再走，或者你输完我再走也行，反正没啥事。"

冯新岩一听，就说："你看，我这几天又赶上忙了，桌子上铺了一摊子资料，又带不过来，要不辛苦你去我那里帮我输一下液？"

侯娟娟稍一犹豫，说："也……行啊，只要你觉得方便。"

两人来到冯新岩的宿舍。

冯新岩说得果然没错，桌子上摊了一堆材料，侯娟娟看不太懂，但知道都与冯新岩的工作有关。

这时的侯娟娟已经换上了平时的衣服，抖露出一头乌黑的长发。她俯下身子，一缕细发好看地从耳畔垂下来。冯新岩闻到了那种特有的来苏水味和淡淡的芳香。

针戳进手背，冯新岩一点儿也没觉得疼，说：“你的技术真好。”

侯娟娟固定好针，把发丝撩了一下，说：“这可是刻苦练出来的，光在自己身上不知练了多少回。”

冯新岩露出钦佩的表情，说：“了不起，看得出你做事很认真。”

侯娟娟说：“我也看得出，你做事也认真，而且比我还认真。”

两人不由得笑起来。

冯新岩抬起头，望着侯娟娟那双纯洁秀美的眼睛。侯娟娟也正好看过来，遇到冯新岩的眼神，慌忙移开。

两颗年轻的心就这样碰撞在了一起。

最后一天输液的时候，隔壁的同事看到了侯娟娟，笑着对冯新岩说：“好你个冯新岩，看着老实巴交的，为了追人家小护士故意生病呀！”继而发出一阵大笑。

旁边又伸出一个脑袋，说：“那可是咱电力医院的院花呀，你小子真有福气！”

冯新岩被说了个大红脸。

电力医院的小护士来为冯新岩打针的事很快传开了。同事们都笑着揶揄冯新岩：“眼光不错嘛，什么时候吃喜糖啊？”冯新岩哭笑不得。

不过，这也促使了两人心灵的火花越燃越烈，不请自来的爱情在年轻的田野悄然扎根。时间一长，更是你来我往，两人再也分不开了。最终见了双方家长，两人确定了婚期。举行婚礼的日期，便是 2006 年 10 月 8 日。

第四章 金秋双喜

一

冯新岩一边复习，一边在心里念叨着 10 月 8 日。

开始要集中训练的时候，冯新岩把比赛的事告诉了侯娟娟，这个时候的侯娟娟，已经正式成为他的未婚妻了。

电话里，冯新岩说："不知道怎么回事，你总是在我的眼前晃来晃去。"

侯娟娟就笑了说："你说的我都不好意思了。我想着为了你能认真复习，这段时间咱就不要见面了，免得你分心，你要是分心了没有比赛好，会让人自责的。”

冯新岩说：“是，我们马上要集中训练了，听说是在泰安的擂鼓石大街，那时还真的不好联系了，手机都要上交。不过，我想办法打给你。”

侯娟娟说：“不行，你要守规矩，电话也不要打，就这样说定了，你就一心一意地准备吧，千万不敢搞砸了。”

冯新岩说：“那……好吧。不过你放心就是，我会好好准备的。”

专业上的突破让冯新岩开始在单位崭露头角，到2006年，他已经成长为山东电力的技术能手和初级人才，也正因为如此，才更让侯娟娟刮目相看。

这次冯新岩参加的可是全国性电气试验比赛，他一头钻到了书本里。那是厚厚的一堆资料，一页页的，大题包着小题，有些是自己熟悉的，有些是陌生的，熟悉的和陌生的题都得“啃”。

根据安排，离比赛还有一个月的时间。

集中训练的地点在泰安市擂鼓石大街训练场，那里离泰山比较近，早上5点起来，冯新岩脑子里会先过一遍昨天的知识点，6点出去锻炼，一直跑到黑龙潭水库下面，出出汗，7 点回来吃饭，练操作，晚上自学理论。

向来不服输的冯新岩开始熬夜，直到晚上 12 点再上床睡觉。

二

谈起那段经历，冯新岩笑着说：“中考的时候，我都没这么拼。不过，我倒是把电力知识掌握得更加深入透彻了，可以说，这种巩固性的学习对于今后的实践起了不小的作用。由此感谢单位，也感谢中国电力企业联合会给了我这样好的机会。”

当然，冯新岩更要感谢侯娟娟，这位未婚妻已经好些天没有联系了，她可真沉得住气。唉，感情这事，同事业完全是两码事。

冯新岩不想了，白天专心训练，晚上专心读书，学习理论。

日子不知不觉地滑过，学习加训练，再加上精神紧张，消耗了冯新岩不少体能。那天他看到一个秤，便站上去，一看，竟然瘦了十几斤！

三

集训地的小路，树叶开始飘落。

每天早晨冯新岩都会带着笔记，在小路上先看一会儿，再去跑步。

落叶像鸟儿，红红黄黄地落下一片，飘落时像在微风里抖动着双翅。以此表示它们的生命并没有完结，而是进入了另一个环节。初升的太阳照射过来，把它们的新环节照得五彩缤纷。

进入了 10 月，婚期一天天迫近。冯新岩却收到了另一个通知，比赛日期已经确定，是 10 月 20 日。比赛地点在吉林省吉林市。

这意味着什么？意味着自己的婚礼可能会受到影响。因为婚礼前后必然有一些程序要走，必将分出冯新岩的一些时间。更重要的是分出他的一些精力。

此时，冯新岩的心里十分矛盾，比赛要按时参加，婚礼也应该按时举行。但如何能够兼顾二者呢？

冯新岩的情绪波动很快被教练发现了。教练说："小冯啊，我看这事儿你得跟家里商量商量，如果要办婚礼，肯定有一大堆事情，加上还要赶到东北赛场，势必影响比赛，就太可惜啦，毕竟1949年以来才这么一次电气试验工技能竞赛，你可要好好考虑考虑！”

教练还找了冯新岩的单位领导，领导也打来电话询问情况。

这天早起跑步，教练见了冯新岩又说：“你们领导找你了吧？你看，上上下下都这么重视，这可是代表山东省的比赛啊。要不，你做做未婚妻的工作，把婚期往后推迟一下？”

可是，推迟婚期，肯定会对双方家人造成影响，人生大事怎么能说变就变呢？冯新岩虽然不迷信，但像举办婚礼这样的大事，都是双方找人看皇历，按照各种缘由反复算好的日子。何况，他又那么爱自己的未婚妻，想早一天拜堂成亲，把侯娟娟娶回家。

唉，看来，只好问问侯娟娟了。

拨通了未婚妻的电话，冯新岩还是听出了侯娟娟接到电话时的惊喜。

侯娟娟说：“最近好吗？不让你打电话还打，这是谁的手机？教练的？哦，没什么事吧？”

冯新岩显得很激动，连忙应和着，不知道下面的话该怎么说，听侯娟娟问，才慢慢地稳住心神，说道：“给你打电话，就是告诉你，我最近的状态很好，准备得也可以，我和同事们过了几次，教练也很满意。”

侯娟娟说：“那就好啊，这里不用操心，你爸妈那边都很好，我去看过他们，他们让你好好练，争取拿一个好成绩。”

“多亏你啊，你去了我爸妈一定很高兴。”冯新岩说。

“没事儿，过几天我再去看看，你放心好了。”侯娟娟说。而后她又问：“比赛时间定了吗？”

“给你打电话就是这件事，时间确定了，是10月20日。比赛地点很远，在东北的吉林。”冯新岩说。

侯娟娟“哦”了一下就没音了。

冯新岩一直想把教练建议推迟婚期的事说出来，总是话到嘴边又拐弯了。

倒是电话那头的侯娟娟说话了：“新岩，这样吧，我们把婚期推迟吧，我去跟家人们好好说说。”

听冯新岩没有吭声，侯娟娟又说：“你不是说这个比赛对你很重要吗？你要是错过机会，可是一辈子的遗憾。就这么说定了，你安心地参加比赛吧，我等你……”

此时，冯新岩的眼里早已涌出了泪水。

四

东北吉林。

训练一结束，教练就提前一个星期，带着大家过来了。

大家过来后才知道，比赛的规则改了，和平时的训练不一样，不是要求相互配合，而是单个上场。

哎呀！大家一下就蒙了。

之前，一个多月的集训全都是合练，三人一组，一个负责，一个操作，一个接线，同时完成。这是操作的标准配置，大家已经练得得心应手。

“幸亏提前过来了”，教练说，“大家辛苦这么长时间了，急也没用，埋怨也没用，还得想办法抓紧练练。如果一点准备没有，上场不在状态，拿成绩准没希望了。”

众人去看比赛场地，是封闭的，好说歹说，人家只让瞅一眼，根本不让停留。

教练联系了丰满电厂，临时找了间闲置的小屋，弄了些桌子、椅子，桌子当变压器，放几个瓶子当套管，模拟着单人接线的场景。

丰满电厂有点远，大家每天要耗两个小时赶到那里，练完了再赶回来，紧张而忙乱。

教练又在驻地附近找了个小饭店，包了一个房间。还是桌子、凳子当设备，大家一个个轮流搬着“仪器”练组装。

一个星期过去，冯新岩等人多少有点底了。

比赛正式开始。

先考理论。大家正常发挥，冯新岩考得出奇的好，排名第一。

接下来是实际操作。冯新岩上场了。他走到变压器前，开始神情有点紧张，后来逐渐进入状态，慢慢淡忘了周围的一切。

现场的灯光真亮，照得没有任何暗角。几台摄像机对着冯新岩摆来摆去，从各个角度记录着他操作的细节。

变压器试验在泰安训练时冯新岩就准备得十分充分，教练指导得也很规范。教练总是说：“要仔细想想，操作哪里最容易出错。要练就利落、准确、齐整。加快速度，注意手法！”

别看教练平时训起人来不讲情面，示范指导还是很认真的，哪根线接哪个头，教练都教得特别细致。

冯新岩将教练的话牢牢记在心里，操作得又快又仔细，各个表计、仪器连接一气呵成，干净规整。摄像机全程录像，后来这段录像被做成了一个典型操作视频供同行学习。

操作中，冯新岩突然警惕起来，他感觉裁判给了一个错误的出厂试验报告、看着数据，冯新岩冷静地想了一下，实际结果不可能这样，有可能是裁判故意挖的“陷阱”。

冯新岩果断按照自己的直觉下了结论。

评委们表情严肃，全神贯注地看着这个年轻人的表现。到后来，他们感到那不是表现，而是一种表演了。

冯新岩做得越来越灵巧，以至于在完成最后一个动作时，距离规定的结束时间尚有一段可观的富余。

此次的变压器操作环节，最后报出的成绩又让教练和同事们兴奋：冯新岩再次得了第一。

最后是避雷器环节。

应了那句俗话，什么事情都不要高兴得太早。结果在避雷器实测中，冯新岩出现了意想不到的失误。不是冯新岩粗心大意，他一向细致。问题出在分压器上。

比赛之前，冯新岩他们准备了分压器以便测量，到了吉林才知道，比赛现场是用直流高压发生器，它本身自带测量功能。如果带着自备的分压器，就多了一套设备，操作起来可能要多花 5 分钟。比赛既是比操作，也是比时间啊。他们一直举棋不定。

到跟前了，大家还是没想好。最后，冯新岩扔下自备的分压器上场了。

一宣布开始，冯新岩的心就沉了，他发现现场的那台仪器从来没见过，完全处于没底的状态，结果出现了不该出现的低级失误。走出考场，冯新岩哭了。

要强的冯新岩不知道，任何比赛，不止他会有失误，

冯新岩在获奖后发言

也许别人的失误会更多。

冯新岩想到了未婚妻，这个时候想起她，真觉得对不住她啊。

没想到，宣布成绩时，冯新岩还没看清楚，教练一下就把冯新岩抱住了，而后狠狠地给了冯新岩一拳。

冯新岩愣怔着，教练却哈哈大笑了起来。

教练笑完对冯新岩说："其实最后一项也怨我，我要是坚持让你用自备的分压器就没事了。嗨，过去了，过去了，也不错，我们终归是胜利了。"

冯新岩这才知道，他的成绩竟然是个人第五名，而山东代表队喜获团体成绩第一名！

五

10 月 22 日，凯旋。

冯新岩等人受到了公司领导和同事的热情迎接。

走出公司大楼，冯新岩一眼就看到了路边站着的那个熟悉的身影。

侯娟娟一看到冯新岩，立刻就迎了过来。到了跟前，她从身后拿出一束花，给了冯新岩一个大大的拥抱。

一周之后，也就是 10 月 28 日，冯新岩和侯娟娟步入婚姻的殿堂。

双方的亲人来了，朋友和同事来了，更让冯新岩高兴的是，单位的领导也来了。

喜庆的音乐响起，掌声和欢呼声中，彩球飞扬，礼花怒放。新郎牵起新娘的手，一步步走向激动人心的舞台。

主持人问冯新岩："冯新岩，请看着这位姑娘回答，你愿意娶侯娟娟为妻吗？"冯新岩大声说："我愿意！"

主持人问侯娟娟："侯娟娟，请看着这位男士回答，你愿意让冯新岩做你的丈夫吗？"侯娟娟大声回答："我愿意——"

"我愿意"三个字，掀起春风十里的巨澜。

"我愿意"三个字，便是此后完全把自己交给对方，连同酸甜苦辣，连同离合悲欢。

由于冯新岩的工作性质，侯娟娟为这个家作出的奉献可能会更大，牺牲得也更多。她虽然还不知道自己将要牺牲什么，放弃什么，但是她的内心一定做好了准备，只要能和冯新岩在一起，就是满足的，幸福的，其他的无所畏惧。

对冯新岩来说，爱侯娟娟是一辈子的事，海枯石烂，无怨无悔，只要能给她的，自己都愿倾情付出。

第五章 攻克世界带电检测难题

一

一场大雪，来得毫无征兆。冯新岩他们出发的时候，还是一片晴朗，越往前走，天却越沉，渐渐地变成了铅灰色，铅灰色凝结成一块。而后就有雪花飘洒下来。起先还未知觉，等他们发现时，雪已经变成了絮状。

冯新岩他们到 500 千伏光州变电站时，大雪几乎把路都覆盖了，把一片大地也盖严了。

冯新岩他们只好躲在变电站的办公室里，焦急地等待着。

可是这雪有些不给面子，没完没了，好像在撒欢儿。大片的雪花张扬着，漫天飞舞，眼看着变电站成了一幅“北国风光”。

不行，等到一座座设备被雪雕塑，这活儿就不好干了。尽管生产厂家在设计时采取了防雨雪措施，但对于设备检测还是会产生影响，尤其是对于有问题的设备。

不能再等了，冯新岩已经耐着性子等了半天，够给这雪面子了。他抓起安全帽，往头上一戴，说：“不能等了，万一这雪越下越大，机器又有毛病，就会耽搁了。”

同时，几位同事也已经整装待发。

随后，他们提起检测工具，钻进了茫茫大雪中。

中国特高压技术作为全球最先进的输电技术，能够实现大规模、远距离、高效率的电力输送。特高压变压器则可以实现电压升降，是连接不同电压等级电网的纽带，就像人体的心脏，是整个系统正常运行的中枢。

如果这“心脏”出现了局部放电，就像得了心肌梗死、冠心病，会影响到大电网的安全稳定运行。严重时有可能发生火灾、大面积停电等重大事故，会造成巨大的经济损失。

这样，对特高压的“心脏”进行定期维护，对“心脏”的病症进行早诊断、早发现、早治疗，也就显得极为重要。

之前，公司对于设备的检测多是停电进行，但这样会影响正常供电，而且停电试验时不能完全模拟带电运行的设备状态，很多带电运行的缺陷也就无法被及时发现。因此，带电检测便成为解决这些问题和矛盾的突破口。

变压器是一个封闭性装置，如果内部出现问题，它只会发出一些微弱的信号。一些重大隐患恰恰就隐藏在这些信号里。

冯新岩他们被形象地称为“电网医生”，就是为500千伏及以上的特超高压电网设备进行试验检测，及时发现隐藏在这些设备中的隐患并精准判别，为电网安全运行提供技术支撑。这样的“电网医生”，必须有着专业性极强的技术知识，以及有着处理一切事件的应急能力。

百万伏的环境下，周围的感应电很大，接触设备外壳时，静电会像针扎一样刺痛皮肤。带电测到的信号90%以上都是干扰信号。

狡猾的放电信号会以每秒30万公里的极速，传递到这座重型装备的任何一角。一纳秒，一秒钟的十亿分之一，瞬间的误差就可能让定位结果偏离数米。

所以，“运行中特高压变压器局部放电检测定位”便成为特高压技术发展中的一项世界难题，而世界范围内的技术行业标准则是一片空白，没有任何参照。

这也就成了冯新岩及其团队亟待解决的问题。

这是一座如钢铁森林般的大型变电站。

几名职工把冯新岩他们领到一台变压器前，说：“就是这台机器，对，就是感觉它哪里不对，才赶紧向你们求助。”

首先是异响的问题，他们的感觉就是从异响开始的。

五六米高的大家伙，就那么稳稳地矗立在那里，外表看不出任何异样，粗粗的高压线伸进它的“内脏”，在它的体内转一圈再出来，然后把巨大的电流传向远方。

什么异响呢？其实，即使你站在它的身旁，没有一双特质的耳朵，也听不出来。即使听出来，也不能轻易地下结论。

二

带电检测局部放电，既然无标准可以参照，凭个人经验也只是解决一时一地的问题，要想实现整个行业带电检测水平的提升，必须靠装备技术的突破。

2008年，在冯新岩的主张下，超高压公司引入一台世界最先进的美国超声波变压器局部放电测试仪器。这就等于医院里引进了一台彩色B超机，在那个年代还是蛮先进的。

只是要想成为一名好“医生”，冯新岩肯定不满足于对仪器的机械式使用，人家怎么教你你就怎么做，那不成了机器的傀儡？他要全面掌握与仪器相通的技术问题。而这需要跑现场，在实践中不断摸索、反复试验才行。

冯新岩和他的团队不停地跑现场，边使用边琢磨，记下了厚厚的笔记，有案例，有数据，也有体会。

终于，在较短的时间内，冯新岩将技术完全掌握了。

掌握之后，冯新岩发现，这台仪器仍然不理想，超声测量的信号有时难以区分到底是振动还是放电，且很多都是干扰信号。

后来，冯新岩他们得知北京供电公司从国外购入了一套测放电脉冲信号的仪器，在电缆上的使用效果较好，据说也可以测变压器，便也购买了一台同样的设备。然而，在使用过程中，这台设备依然让人头疼，难以区分是变压器里边放电还是外面放电。

冯新岩向其他单位请教，得到的回答是：“如果怀疑放电，停电检测不就可以了吗？”

冯新岩一听，苦笑起来。对特超高压变电站来说，申请停电可不是那么简单随意的事情。看来，还是得想办法提高带电检测的准确率才行。

随着科技进步，产品更新，2010年，山东电力超高压公司进行仪器选型，经过反复考察，打算购买一台新的国外设备。

在围绕如何提升检测的准确率进行交流时，上海交通大学的一位教授告诉冯新岩：“我们有一套仪器，比进口仪器测量要准确得多！”

冯新岩眼前一亮，仔细地看了仪器资料，摇摇头道：“这不就是‘示波器’吗？靠谱吗？”

教授笑着说：“走，咱们现在就去‘诊断’一下你刚才拿不定主意的地方。”

教授布置好示波器，将一个传感器放在设备上，另一个传感器放在设备旁。通过比较采集信号的时间先后，再经过缜密分析，示波器果然找出了放电的准确位置。

采写到这里的时候，笔者专门认真地询问了多次。也许很多人像笔者一样不明白，电磁波的速度如同光速，真

冯新岩在进行 GIS 设备气体泄漏检测

能通过十亿分之一秒的时差分析出异常信号？

然而，这千真万确。

冯新岩相信的是事实，他果断地放弃了国外设备，转而开始研究“高速示波器”分析局部放电信号。

在教授的指导下，冯新岩虚心学习，不断钻研，很快掌握了完整的技术。

原来，月亮并不是国外的圆！

三

当然，国内的检测仪到底怎么样，还没有遇到问题，也就是还没有在实际应用中得到检验。

这不，500 千伏光州变电站感觉一台变压器“病了”，正好可以做一下检验。

这时已经是 2014 年。冯新岩早已是全国电力行业的技术能手，成为“冯班”，带领一个班组了。

他们开始对着这台 500 千伏的变压器反复查看。

清除了积雪，众人从外面确实听到了它的响声。这响声是机器本身运转发出的正常声音，还是运行时发生的异响？

几个小伙子先使用超声波仪器测量。根据测量结果，他们分析是振动信号。如果是振动信号，便是变压器的正常反应，不会发生放电，运行也就不会受到什么影响。

但冯新岩凭着多年的经验，感觉还是有问题：这台变压器可能确实“病了”。那种响声虽然很轻，却非同一般，是病态的响。

冯新岩让大家再用“示波器”重新测量一遍，不要放过任何一个细微的地方。

几个人感觉出了冯新岩的严肃，再次启动示波器。

这一测，还真捕捉到了异常的信号，滋滋滋——信号十分强烈。

冯新岩肯定地说：“一定是放电，既然已经定位到里面了，不可能是振动信号。”

厂家一听说是“放电”，立刻紧张起来，迅速派人赶来。

为了确定冯新岩指出的“病症”，厂家只能将变压器停电检测。

各种设备用上，庞大的变压器的外壳被打开了。一打开不要紧，大家看到变压器里面已经被烧蚀得十分严重，处于随时被击穿的状态。

后怕啊，然而又十分庆幸。

这是山东电力超高压公司变压器带电检测以来，第一次发现放电的严重隐患案例。

这个典型案例充分证明，高速示波器带电检测技术是完全可靠可行的。

由此，山东电力开始大力推广示波器技术。

这次经历，让冯新岩对变压器带电检测有了更多的认识，也坚定了他搞技术革新的决心。这一年，山东电力设立流动人才工作站，冯新岩被聘为高级专家。

四

2015 年，国家电网公司开展 GIS（气体绝缘金属密封开关电器）带电检测技能竞赛。

GIS 是包括开关、刀闸、互感器、避雷器等高压设备的一种组合电器。所以，这是一次新颖的不同于以往任何形式的比赛。

比赛从 2015 年 5 月一直持续到 11 月。

国家电网公司从各省、区、市选出 260 个 500 千伏及以上变电站，每省选 10 个变电站，每 5 个站分成一个包。参赛队伍先检测本省、区、市的 5 个变电站，再检测外省区、市的 5 个。也就是说，国家电网公司要用实际变电站的检测，来检验各省、区、市队伍的参赛水平。

这样，不仅检验和培养了带电检测队伍，也把国家电

冯新岩对特高压 GIS 进行超声波局部放电检测

网公司重点变电站全部检测了一遍，可谓一举两得。

山东电力派出供电公司和超高压公司的 20 余人组成了参赛队伍。

这个时候的冯新岩，不仅是省公司流动人才工作站的高级专家，而且还成了国家电网公司带电检测千人培训计划赫赫有名的讲师。此次他身担重担，是山东队的队长兼教练。

2015 年 4 月，山东电力组织了为期 20 天的集训。

冯新岩仍旧身先士卒，像以往一样精心准备，跟队员们一道辛苦。

有的队员说："冯大师，你都获得了那么多荣誉，还用这么拼吗？"

冯新岩笑笑，说："每次比赛前，我都要求自己保持空杯状态。学海无涯呀，我自己不知道的东西还多着呢……"

其实，冯新岩还有个小"私心"，正好借这次比赛的机会，多走走全国的变电站，收集原始数据，为提高带电检测的准确率打好根底，积累经验。

理论与技能培训完后，山东电力挑了一个 500 千伏变电站进行实战演练。按照步骤，队员们 10 人分两组，两人扶梯子，一人拿仪器，一人监护，一人爬上去检测。

众人测了一个月，一个站还没有测完。

效率实在太低了！冯新岩动起脑筋，能不能发明一种适应高处检测的工具，既方便检测，又有很高的准确率？

冯新岩把想法告诉队员们，大家也有同感，于是马上行动起来。冯新岩和大家边工作边研究，不断琢磨，琢磨再试验，还真发明出了“局部放电检测多功能辅助装置”。大家再用这套装置检测这个变电站，仅用3天便完成了，效率提高了不止10倍。

这套装置后来荣获山东省职工创新创效决赛一等奖，并在整个电力系统推广。当然，这是后话。

8月初，第二轮抽签，山东队抽到安徽。也就是说，冯新岩带领的团队要在安徽检测5个变电站。

8月，骄阳似火，流金铄石。

GIS外壳超过50摄氏度，摸上去颇为烫手。

冯新岩带领队伍仔细检测。没一会儿，众人脸上便冒出豆大的汗珠。汗珠顺着脖子滚滚而下，衣服湿漉漉的，全沾在了身上。

队员们变得心焦难安。有的队员偷偷地解开扣子，有的队员解开袖口凉快。冯新岩看到了，立刻制止道：“快系好，一定要按规定着装检测！”

冯新岩在进行 GIS 故障模拟升压试验

冯新岩在进行 GIS 设备气体泄漏检测

队员们只好迅速将工作服的扣子系好。

冯新岩同时鼓励队员：“俗话说夏练三伏，冬练三九，咱们检验的不仅是技术，更是耐力和定力。大家一定要沉下心，刻苦顽强，查找每一处缺陷。”

最终，冯新岩团队获得了第一名，他同样取得了个人第一的骄人成绩。

千淘万漉虽辛苦，吹尽狂沙始到金。

对于事业，冯新岩显露出了坚定的恒心和信心。也正是有了这种精神，他才能在各种竞赛中乘风破浪，胜利而归。

随着一次次竞赛，冯新岩的名气越来越响，人们都知道了这个业务精湛的小伙子。

2016 年，国家电网公司开展带电检测促进提升活动，这一次不仅测试 GIS，还要测试变压器等其他设备。冯新岩带领队伍再次取得团体第二名的好成绩。

也就是这两次比赛，冯新岩用了 7 个月时间，走遍了山东、江苏、安徽、甘肃、河南等省 20 余座特超高压变电站，收集了上万条原始数据，并进行分析，成功总结出一整套特超高压变压器局部放电带电检测抗干扰排除及信号源定位技术，硬是将带电检测的准确率从不足 50% 提升到近 100%。

至此，变压器局部放电带电检测定位这个世界性难题终于得到了彻底解决。

“山东电力公司的带电检测定位能力太强了，其他的公司费尽力气都很难找出来！”国网公司总部开会的时候特意对山东电力提出了表扬。

“这一切，都是因为有了冯新岩！”

是啊，只要冯新岩在，再难再大的问题都能够克服。

第六章 与电结下不解之缘

一

其实，冯新岩儿时的理想是当一名医生。那个理想来自同学的父亲。他是济南市历城区王舍人镇卫生院的张大夫。

张大夫每天穿着白大褂上下班，这让冯新岩十分羡慕。去找同学玩，看到墙上挂着听诊器，冯新岩会悄悄地伸手摸摸。有时候冯新岩会幻想自己当一名医生的情景：手术室里，穿着白大褂的他接过护士递来的手术刀、镊子，熟练地去除病灶，缝合……病人的痛苦一点点消失，生机慢慢焕发出来。

冯新岩觉得，医生仿佛掌握着一种魔法，能够起死回生，让人间充满春的气息。

阴错阳差，冯新岩成为一名“电力医生”，这源于冯新岩的父亲。

冯新岩出生在王舍人镇水坡村，那个村子两千口人，说大不大，说小不小。母亲是地道的农民，而父亲却是众人眼里的“牛”人。父亲冯庭梁在济南新型建材厂上班，别看只是一名技工，却拿过建材厂技术比武的状元。虽然只有小学文凭，冯庭梁却写得一手潇洒漂亮的毛笔字，遇婚丧嫁娶、喜庆佳节，乡亲们都会找他帮忙。这且不说，村里哪台机器坏了，他也会不遗余力地帮忙修好。

这天晚上，屋内的电灯突然忽闪忽闪的。有人跑出去嚷：“灯泡要炸了！怎么回事？”

原来家家都是如此。

有人忙去找电工，电工却有事去了医院。连村主任都慌了神。

一时间众人烦躁起来，不知道如何应付。

冯新岩的父亲冯庭梁出现了。村民们激动地喊：“老冯来了，冯师傅来了！”

冯新岩紧紧跟着父亲。冯庭梁先去村头，村头有变压器，村民们也往那跑。果然，高高的变压器下面在打火，升腾起一股浓烈的烟气。村民们七嘴八舌地喊：“变压器着火了！会不会炸啊？可不得了！”

冯庭梁却不慌不忙，打着手电，马上找到电闸扳开，以防止烧坏各家的电器。而后他大声问：“谁家有电工家伙？”

村主任说他那里备着一套，赶紧让人去拿，又掏出钥匙叫人去村委会搬梯子。

工具箱拎来了。冯新岩和两个人扶着梯子，冯庭梁一步步登上去，仔细地看了看变压器，又查看线路。他拿起钳子，把变压器下面打火的电线剪断，重新抽出新头，将两根线接好，缠上绝缘胶布。一切干净利落，有条不紊。而后，他又合上了电闸。

果然，这次没有打火冒烟了。

冯庭梁笑着说：“大伙回去试试吧。”

果然，电灯正常了，电视又响了，黑漆漆的村子又恢复了光明和活力。

二

小时候的冯新岩对世界总是充满了好奇，尤其是对家里那些会发光、发响的电器，更是充满了探索欲。

这天冯新岩突发奇想，把废旧的手电筒拿来，拧下灯泡，接在一根带有红色皮管的电线上。他想为自己制作一个小电灯。

没想到，刚把电线插进插座，“啪”的一声，手电筒的小灯泡就炸飞了！炸得无影无踪。冯新岩吓坏了，幸亏没有伤着自己。

从此之后，他觉得电既神秘又有趣，需要小心翼翼地对待。

这天晚上，同学突然来敲门，说家里的灯不亮了，没办法做作业，想请冯新岩的父亲冯庭梁去帮忙看看。这位同学的父亲就是张大夫。

冯新岩跟着父亲来到同学家里。父亲站在凳子上看保险丝，从兜里拿出一卷铁丝样的东西，换好，再插上。灯亮了。

张大夫全家很高兴，递过茶来，连连道谢。

“没事儿，不是大毛病，换了根保险丝，”父亲呷了口茶笑着说，“我这孩子很崇拜你啊，总跟我说同学的父亲是个医生，很了不起！”

张大夫说：“有什么了不起呀，灯不亮了都不知道咋回事，还得请你冯师傅来解决。真是隔行如隔山，行行出状元啊！”

两人都笑了起来。

张大夫说：“新岩将来一定有大出息，我孩子总是回家说，老师经常表扬新岩，夸这孩子爱动脑筋。”

父亲说：“他就想着将来当个像你这样的医生。”

张大夫笑了，说：“我小时候可是想当一名工程师。孩子，好好学吧，路都是人走出来的。”

后来，家里停电了。冯新岩看父亲没在家，便自作聪明，学着父亲的样子先看保险丝，又找了一根细铁丝换上，电灯还真就亮了，心里美滋滋的。

父亲回来，听了母亲的夸奖，去看了保险，却把冯新岩训了一顿。父亲还说这种普通的铁丝，怎么能做保险丝？而后父亲对冯新岩讲了保险丝的作用，以及电的有关知识。

冯新岩吐吐舌头，原来电有这么多的奥秘，看来做事一定要认真谨慎，透彻掌握，不能一知半解，盲目从事。

冯新岩像田里的小苗，尽情地享受着阳光雨露，自由而欢快地生长，天赋也渐渐显露出来。

三

冯新岩对数理化尤其感兴趣，老师讲课的时候总是听得津津有味。母亲给的零花钱，他都会省下来，然后跑进书店，到数理化专柜前过一把瘾。

一次周末，冯新岩在书店一角翻到一本书，密密麻麻的算题立刻引起了他的兴趣。不知在书中泡了多久，直至书店下班还没泡够，他干脆掏出自己的零花钱，将书带回家去。

那是一本奥赛书，不在冯新岩的课程范围内。从此，冯新岩觉得进入了一个新的天地，白天黑夜，乐此不疲地演算那些算题。

不久，省里举办奥林匹克大赛的消息传到学校，冯新岩举手报了名。

先是区里进行选拔，比赛在一所中学举行，来自各个学校的同学走进一间间考场。

这仿佛众人挤着过独木桥，不少同学纷纷“落水”。出来时，一个个摇头叹气，说出的题太难了，根本不是课本上所学的。

冯新岩却显得很轻松，如当年的关羽过五关斩六将。一路走来，从区里往省里选拔结束时，物理一科还有同学一起，考到数学和化学时只剩下他一人了。

最后的一次拼杀，昏天黑地，气浪翻卷。等冯新岩回头再看，其他人大多已纷纷落败。

这次，冯新岩获得了省数学奥赛二等奖，物理奥赛二等奖，化学奥赛一等奖。

这一年，冯新岩 16 岁，初中三年级。

如果你是冯新岩的老师，你自然会为有这么优秀的学生高兴。不过，你可能也会惧怕他，因为他总是用越来越丰厚的知识不断地向老师提问，有时问得让人发窘。

一次物理课，刚做完实验，冯新岩逮住老师便问：“老师，您说金属导电，气体不导电，那个验电笔中间发光的地方不是有气体吗？”

老师完全没有想到学生会钻牛角尖。难堪的是，他还真不知道答案。众目睽睽之下，老师扶了扶眼镜，摇着头，苦笑一下说：“老师得回去考虑考虑。”

这孩子教不了啦。

冯新岩一次次“刁难”老师，老师们既佩服他，又对他

冯新岩在高空车接线

发怵。

随着知识的增加，冯新岩如竹子抽节，越来越高。他总是在想象中自己给自己出难题，然后去找解决问题的方法和答案。

上学的时间基本是这么过来的。少年的冯新岩给老师和同学留下了烙印般的记忆。他们不知道这匹黑马会跑多远，他们期待着这匹黑马，能跑多远就跑多远。

因为，那是他们的骄傲。

四

初三那年，厂子里效益不好，父亲冯庭梁下岗了。家里的境况大不如前，一家四口紧紧巴巴地过着日子。

眨眼到了中考。一个极为现实的问题摆在了冯新岩面前：是读高中，之后考大学，还是念中专，尽快找一份工作分担家里的负担？

不管怎么说，先考了再说吧。

结果出来了，冯新岩的成绩超过山东省实验中学分数线 30 多分。可以说，凭此成绩，他上任何一所高中都不成问题。

冯新岩却陷入了沉思，似乎一下子变得成熟起来。几天后，他对父母和老师说出了自己的想法：他要尽快完成学业，参加工作，分担家里的重担。

小小年纪，冯新岩已然显示出超于同龄人的决心和奉献精神。

那么，该选择哪一所中专呢？

距冯新岩的家不远处是黄台发电厂，它是山东省第一座高温高压火力发电厂。每天从那发出的电，通过一根根电线送往济南各处，带动了泉城的发展。“电”这个字眼在冯新岩的心头点亮。

“经济发展，电力先行。”冯新岩想起电视上时常看到的一句话。对一个农村的孩子来说，当医生也许只是幻想，做一名扎扎实实的电力工人，找个好工作才是实际的选择。

冯新岩的姨夫在冷水中学当校长，十分支持冯新岩的做法。他说：“好呀，电力是国家的重要能源，电力的发展关系到国计民生，也是驱动未来的核心动力。我看，你就学‘电’吧！”

报哪一所中专好呢？

姨夫说：“山东省电力学校可是中专里的‘北大清华’。”

于是，冯新岩毫不犹豫地报了山东省电力学校，就读发电厂及电力系统专业。

此后，冯新岩便与电结下了不解之缘。

五

学校的小路被一排冬青引导着，弯弯曲曲通向老远，通向那片让人心动的湖水。

冯新岩喜欢这里的环境，每天都会来到湖边的绿荫中读书。湖水清澈见底，像面巨大的镜子，映着蓝天白云、绿树红花。

冯新岩夜间操作

春天，柳树抽出新芽，在风中摇曳。秋天，树叶渐渐变黄，落在湖面和小路上。很快，湖水会结冰，冰面上雪花飞扬。

宁静的美丽让人心动。

此时，冯新岩总是会想到陶渊明的诗句：“盛年不重来，一日难再晨。及时当勉励，岁月不待人。”

确实，光阴在不停地流逝，它不会等待每一个人。我们应当抓紧每寸时光，把握难得的学习机会。

上了中专，有人松懈了下来，将大把的光阴放在了玩乐交游上。

冯新岩却绝不虚度，他继续保持着对学业的严格认真态度。除了湖边，图书馆是他的常去之处。那里有无数的专业书籍，有各种杂志，里面的观点很新颖，让人感到电的无限前景，尤其是高压电的应用和发展。

冯新岩的专业课成绩仍然保持着第一名的状态。同时，那颗旺盛的好奇心驱使着他把随时想起的疑问提出来，等于是换了个学校，继续“刁难”老师。

有一节课，老师讲到了“电流不能突变”。冯新岩想起小时候变压器下面打火，父亲拉闸断电的情景，站起来问：“老师，假如有个电路有电感，它上面是闸刀，我们以极快的速度把它拉开，这个时候如果说电流不能突变，它会出现什么现象？”

老师挠挠头，又摇摇头。看着这个个头儿不高有些瘦弱的学生，老师不明白冯新岩的脑瓜里怎么会有这么多“奇思怪想”。这位老师还不知，这个学生从小就是老师们眼中的“刺儿头”哩。

当然，这位老师喜欢冯新岩，因为他的成绩总是名列前茅，每次改卷，老师都会露出满意的笑容。

当然，这只是针对专业课而言，那些非专业课会不知不觉地被冯新岩“冷落”。比如体育课，在操场和赛道上，就很少见到他的身影。

2000 年 7 月，冯新岩以优异的成绩从山东省电力学校毕业了，被分配到山东送变电公司，成了一名电力职工。

也许是命运让冯新岩与特超高压结缘，10 月，泉城到处渲染着红灿与金黄，刚成立不久的山东电力超高压公司敞开大门，迎接新员工。从此，冯新岩由送变电公司进入了超高压公司。

可别小看超高压公司，它可负责着全省 500 千伏变电站和 500 千伏输电线路的管理、运行与维护呢。

冯新岩自豪而欣慰，他就像进入了一片新的海洋，自

冯新岩在青州打耐压

在地遨游，施展自己的抱负，实现着自己的志向。

不过，冯新岩也发现，公司的年轻人多是大专以上学历，有的甚至是研究生学历。

为了弥补学历上的短板，冯新岩利用一切时间，抓紧学习知识。灯，早早地开，晚晚地灭。春花秋月，风霜雨雪，一个年轻人的热情不断在膨胀。

像海绵吸水般，冯新岩不停地吸纳，不断地向身边的师傅请教，边学边记。一本又一本厚厚的笔记，成为他成长的铺路石，带着他一步步走向远方。

冯新岩很快拿下了山东大学电力系统及其自动化大专学历，三年后获得学士学位。后来，他又获得了工程硕士学位，还被聘为山东大学电气工程学院研究生校外实践导师。

第七章 『冯尔摩斯』与『电力扁鹊』

一

柯南·道尔写过一本《福尔摩斯探案集》，书里的福尔摩斯头脑冷静、观察力敏锐，善于通过观察与演绎推理来解决问题。平时他悠闲地生活在贝克街 221 号，一旦接到案子，立刻会变为一只追逐猎物的猎犬，开始锁定目标，将整个事件抽丝剥茧，层层过滤，直至真相大白。当其他警探或私家侦探遇到困难时，他是毫无疑问的求救对象。

在业界，冯新岩被同行尊称为“冯尔摩斯”，因为他总能解决别人解决不了的问题。还有人说：冯新岩是“电力扁鹊”，能让有缺陷的特超高压变压器“起死回生”。

2019年的一天，冯新岩的手机突然响起来。他看了看，立即接了电话。

原来，500千伏鲁中变电站的运维人员进行红外测温时，发现一台变压器的高压套管出现了温度分层：上部呈暗紫色，下部却发亮光。

变电站的人员立刻紧张起来。

因为通常状况，数十米高的套管在红外测温仪上的画面上应该温度均匀。在正常密封的情况下，即使出现少量的漏油现象，也不会对绝缘强度造成太大的影响。那么，这根套管红外图谱表现出来的情况，就有可能是套管里的油漏了，而且漏了不少，得有一半还多！

这还得了，或许这根套管坚持不了多久，就会发生爆炸。那时，损失的不仅是这组变压器，还可能造成好几个城市大范围停电。

运维人员汇报后，又层层上报。谁都认为情况紧急，谁都不好确定事故何时发生，当时稳妥的办法，就是尽快停电处理。

山东电力超高压公司接到求助电话，立刻集中专业人员，商量对策。

山东电网每天都在记录和发布着各变电站安全运行状况，多少天了，还没有出现过事故。一旦发生爆炸，造成大面积停电，将会震惊全国。

大家的心都提了起来，紧张的讨论中，多数意见同意停电处理。

冯新岩处乱不慌，他冷静而仔细地分析了现场发来的情况，而后语惊四座：“我认为，这台变压器套管没有问题，无须停电。”

这可是丝毫不敢开玩笑的大事，虽然停电是保守方案，但起码也是安全起见，不会出现意外结果。如果不停电，会不会如大家判断的那样，随时发生爆炸？

而一旦停电，就会带来不小的损失，要把仪器拆下来返厂，拆卸、运输、维修各种费用加起来，也要上千万元！

大家当然希望是不停电。那么，冯新岩有什么根据和把握，敢确定变压器套管没有问题？

冯新岩太熟悉变电站的设备及生产厂家了，对于厂家的产品了如指掌。他说：“这个套管的外瓷套看上去是个整体，其实是由三节粘起来的。我认为厂家在生产这个套管时，上下节采用了不同的材质，因而红外测温时，调整到特定的温宽，就会看到假象的温度分层。”

对于冯新岩给出的理由，大家经过讨论，认为是可信的。那么，光有理论根据仍然不能让人放心，为慎重起见，虽然可以先不停电，但要抓紧进行套管的安全性验证。

公司立即调动各单位试验专业人员，对这个厂家的套管进行全部检测。最终的检测结果，完全验证了冯新岩的结论。悬着的心终于落下。大家把佩服的目光投向了冯新岩。

就这样，冯新岩避免了一次紧急的误停电。

这次故障判定和应对举措，使冯新岩得到了设备厂家和国内变压器专家的高度评价。

二

工作上，冯新岩是个善于思索的人，也是个爱钻牛角尖的人。他认为，电网工作来不得任何粗心大意，一旦有一次盲目论断，就有可能差之毫厘，谬以千里。

刚参加工作，冯新岩便养成了认真细致的工作习惯，或者说一丝不苟的性格。

2003 年，冯新岩做变压器油色谱试验。他发现，试验结果显示出现了乙炔增长。按照正常理论，就是变压器里出现过放电现象。

为保证变压器的正常运行，冯新岩不敢掉以轻心。他把自己关在试验室里，细心地分析各个环节。他终于发现，乙炔的出现是进样器没处理干净所引起的，而不是设备内部放电。

一次，冯新岩带队进行红外热像检测。

轮到一台 500 千伏避雷器检测时，仪表显示出了一个小概率事件：避雷器上下节有 0.5 摄氏度的温差。按照理论，这点温差不会有什么问题。同事也是这么认为的。

冯新岩听后却警惕起来。还是认真点儿好，既然其他的避雷器都显示正常，为什么它就要差 0.5 摄氏度呢？

冯新岩说：“虽然 0.5 摄氏度温差不大，但无风不起浪，既然出现了温差，还是反映出设备内部存在着某种问题。”

这就像医生看病，仪器都检查完了，你要根据结果下定论，或者表明一切完好，或者做进一步检查。这取决于什么？一个是责任感，另一个便是临床经验。

冯新岩二者兼备，他还是把这当成了一回事，将检测情况上报上级管理部门。他给出的建议是：停电检查。

对于特超高压电网来说，停一次电，可不是小事情。

那要强调后果，为何停，停了之后发现了什么问题，停电造成了多大的影响，都要记录在案，以备审核。

上级管理部门综合考虑了冯新岩的认定和建议，本着慎重的原则，还是采纳了，于是作出决定：即刻停电。

停电后，冯新岩和同事们对避雷器进行试验，核对避雷器组件的每一个编号和安装程序。最后，他们终于找到了出现温差的原因：避雷器的上下节装反了！

如何是一件小事？

如果没有发现，装反的避雷器时间一长就会损坏。那样，将造成几百万元的巨大损失。

三

2018 年，冯新岩带领团队对 1000 千伏昌乐变电站进行带电检测，发现一台特高压电抗器铁芯夹件的电流信号波形出现异常。

冯新岩果断地说：“这一定是铁芯夹件之间的绝缘有

冯新岩（左）手拿自研的工具进行现场试验

问题。”

其他人不解，为什么只看波形图就能作出判断？

“乍一看，这个电流信号比较乱，仔细观察后，可以发现信号变化还是有规律的。”冯新岩指着波形图解释。

经过维修后，众人发现果然是这个问题。大家笑了，他们着实佩服冯新岩的专业能力。

看来，还得好好向冯老师多学习啊！

冯新岩说：“只要多分析、多研究，看得多了，就会得出自己的经验。”

同年，±800千伏广固换流站的一台换流变压器出现了乙炔增长现象。

通过局部放电带电检测，工作人员发现了疑似内部放电信号。但试了多次，都无法定位放电的具体位置。

有人叹气：“唉，这么大的设备，振动信号太多了，超声检测到的信号确实不好定位，仅靠超声检测，如何能进行下去？”

冯新岩赶到现场。

听了大家检测的情况，又去实地勘察后，冯新岩说：“理论上讲，特高频信号从封闭的换流变压器传出来进行辨别确实有困难，但也不是没有可能。我们可以再想想办法。”

大家接口道：“我们试过好多遍了，测不到信号啊。”

冯新岩再次顺着梯子爬上去。同事也跟着上去了。他们也想看看到底能在哪里找到突破口。

冯新岩把变压器所有的部位都看了，同事也看了，测了，还是确定不了位置。

有人说：“你看，我们确实查看无数遍了。”

冯新岩仍然没有放弃。他还在琢磨，希望能在细微的地方出现奇迹。

仔细观察中，冯新岩的眼睛突然亮了，他紧盯着一个地方：换流变压器顶端的两排小法兰。

冯新岩露出了不易察觉的微笑，或许能从这里找到答案。他让同事取来传感器，直接放在小法兰的顶部，而后再试。

奇迹发生了：居然测到了信号。

随后，在一些油阀处也测到了信号。

大家立时兴奋起来，他们在心里向冯新岩伸出了大拇指。

就这样，冯新岩通过不同部位，以及电磁波信号的时间关系，确定出了信号出现的大致方位，而后通过声电联合，最终找到了信号的精确位置。

四

有人说，这个冯新岩着实厉害，只要他往那儿一站，就能知道设备哪里有问题。即使不在现场，他也会凭着自己的经验来帮助解决某些问题。

冯新岩进行额定电压下高压介损试验

2015年，冯新岩接到一个求助电话。

对方着急的话音刚落，冯新岩就问：“你提到的那台设备，是不是位于某变电站、某厂家2000年生产的？”

对方立刻说：“对，对呀。”

冯新岩就说了这台设备在结构上的特点，声音异常的原因可能来自哪个方面，便指导着对方应该如何解决。

对方按照冯新岩的“指示”，现场进行操作。

一会儿对方便激动地告知冯新岩：“好了，好了，找到了，太神了！”

2022年9月，1000千伏特高压泉城变电站检修现场。

忙碌半天的冯新岩正准备吃午饭。他刚端起碗，就收到了一条来自吉林电力公司的信息。一位电气试验人员向他求教，变电设备红外热像发现了异常，应该怎么处理。

因是现场发来，冯新岩不敢耽搁，马上放下碗筷，仔细分析对方的现场图像。而后他作出了判断，设备本身应该没问题，大概率跟散热条件有关。

冯新岩回复对方：“我看了，问题应该不大，不用太过担心。这样吧，你们可以缩短巡检周期，跟踪查看一段时间再说。”

那边放下心来，说：“这样就好了，想着情况有点急，

冯新岩登高进行变压器试验接线

就赶紧给您发信息，没想到您立刻就给解决了。您在吃饭吧？耽误您了！”

冯新岩说：“你们也没吃饭吧？快去吃吧，不用担心了。”

特高压变压器是变电站最值钱的设备，动辄上亿元，如果发生故障，势必造成巨大损失。

25 年来，冯新岩参与各类抢修、隐患排查几千次，其中发现重大缺陷 100 余次、一般缺陷 600 余次，始终保持着故障处理“零失误”，累计创造直接经济效益 4 亿元，累计避免经济损失超过 10 亿元。

人们都佩服地说，冯新岩的左眼像红外热像仪，右眼像紫外成像仪，耳朵像超声波，总能发现别人发现不了的缺陷，也总能给别人误判的设备缺陷进行“平反”，实在是名副其实的“电网神探”“电网神医。”

第八章 时常间断的采访

一

采访冯新岩不容易，他不是在变电站现场，就是在开故障分析会，或是参加什么活动。约了好几次，终于在一个现场逮到了他。在他工作空余，笔者抓紧问问题。

首先要弄明白超高压和特高压。笔者说是替普通老百姓问的，因为大家总是弄不清二者的区别。

冯新岩说：“本来超高压就已经很高了，一般指的是

500千伏到750千伏的电压等级。特高压就是比超高压还要高，那就是1000千伏以上了。这么说吧，如果我们把500千伏左右的超高压线路比作‘国道’，那么1000千伏的特高压线路就是畅通飞驰的‘高速公路’。”

笔者说：“您说得很形象，这样一解释我就明白了。但是超与特确实让人糊涂。因为在某种程度上，‘超’通常被认为比‘特’更强烈一些。”

冯新岩说：“哦，也可能惯常的说法是这样。”

笔者说：“我的理解是不是这样，我们先是在一般的高压基础上发展到了500千伏左右的输电技术，本来觉得已经很高了，全世界范围内也就这样了，所以就叫了超高压。但是没想到根据我国国情的需要，我们又发展了更高的±800千伏甚至1000千伏的输电技术，再起名字，也就只能叫特高压了。”

冯新岩笑起来，说：“可能是这样，也可以这样理解。不过，我们系统内部的叫法是很明确的。”

我俩都笑了。中国的汉字真是博大精深，蕴含丰富。

有人来找冯新岩，说了几句话，拍了拍他的肩头，看了看笔者，又走了。

提起特高压，冯新岩如数家珍。他接着刚才的话题说：“为什么要上特高压呢？因为我国幅员辽阔，尤其是东西南北的距离较远。这样，特高压电网就可使输电距离增加至2000公里以上，解决了远距离电力输送的难题。也就是说，特高压电网能够降低电力系统的能源损耗，对环境保护也有重要意义。”

看笔者认真地记录着，冯新岩再强调：“这话说起来抽象，再举个简单的例子。我们的家用电压通常为220伏，特高压电压是正常电压的多少呢？4500倍左右。运用特高压输电，只需要0.00526秒，就可以把大西北的绿色能源输送到1500多公里外的内地；一秒的输电量，就足够一个家庭使用100年……”

笔者说：“当然，特高压的建设成本远高于传统输电线路。所以，特高压不仅考验着一个国家的技术水平，也体现着一个国家的建设能力。仅是这些，就已经让许多欧美国家纷纷‘退赛’。”

冯新岩说：“你不得不承认中国电网的发展速度，那真的是一日千里似的飞跃。2016年7月31日，1000千伏锡盟—山东特高压交流输变电工程投运，山东电网开始大规模地接纳省外特高压来电；2020年1月4日，1000千伏山东—河北输变电工程竣工，山东建成‘五交三直一环网’

的特高压电网和‘五横三纵’的超高压电网；2024 年 10 月 31 日，±800 千伏陇东—山东特高压工程输电线路成功跨越黄河。这是我国首个‘风光火储一体化’送电特高压工程，能将甘肃东部的煤电、风电、光伏发电打捆送入山东，年送电量约 400 亿度。你知道这是什么概念吗？那意味着能减少 1085 亿吨的煤炭运输量，减少 1490 万吨的二氧化碳排放量！”

说到特高压电网的跨越式发展，一向沉静的冯新岩不由得提高了语调，显出一种自豪感。

“你看，”他接着说，“山东的特高压变电站全是 2016 年以后建成的，党的十八大以来的这十年，是山东电网发展最快的十年。山东电力超高压公司刚成立的时候，我们管理运维的只有 5 座 500 千伏超高压变电站。现在光是 500 千伏变电站就有 60 多座，还没算那些特高压变电站和换流站，山东是国内最大的省域特高压交直流混联大电网。”

“这么说，随着特高压的快速发展，您的工作也在不知不觉发生着变化，比以前更忙了，您身上的担子更重了。”

冯新岩说：“确实，但这就是时代趋势嘛，迎合时代的工作，忙而快乐着。”他笑起来。

笔者也笑了。

冯新岩在进行高压介损试验

正谈着，一个电话把冯新岩叫走了。

一会儿冯新岩的徒弟孙佑飞来了，说："姐，我师父说对不住，他让我领着您先了解了解。"

孙佑飞很热情，他想尽可能说得清楚一点儿。"跟您说啊，特高压电网不是高压电网的简单放大，而是关键技术和配套设备质的提升。特高压电网工程，在工程设计、科技创新、设备制造及标准化工作各方面都要取得全面突破。"

他说："你看啊，我国80%以上的能源分布在西北地区，而70%以上的能源消费又集中在中东部地区，这就形成了需求和资源的倒置状态。所以，特高压电网就成了'西电东送、北电南供、水火互济、风光互补'的能源运输'主动脉'，是实现'以电代煤，以电代油'的清洁能源供应方式。"

孙佑飞说完笑着看了看笔者，问："姐，我说的您能听明白吗？"

笔者说："我已经清楚了，尽管你们说得都很专业。我为电力这些年的发展速度和规模感到震撼的同时，也同样感到骄傲和自豪。"

孙佑飞很高兴，他进一步说："我们现在依托特高压电网，全社会的碳减排成本仅为 260 元每吨，远低于 700 元每吨的全球其他碳减排方案。”

这时孙佑飞的手机响了，他对笔者点点头，接了，很快又挂了，然后说：“姐，师父说很不好意思，说再安排采访吧，他今天怕是没有时间了。”

二

冯新岩终于又有了点空余时间。

笔者坐上火车风风火火地赶到山东电力超高压公司。到了地方，笔者却又被告知：“冯新岩临时有会，脱不开身，请到办公室先等一下。”

没办法，笔者只好在别人的带领下来到冯新岩的办公室。

坐在椅子上，焦急的等待像一张网。从网里钻出一双眼睛，四处打量。这是好几个人工作的一间屋子，靠门的工位，便是冯新岩日常办公的地方。

桌子上摆着电脑、文件夹，再普通不过。

笔者发现一袋奶糖。冯新岩不善言辞，似也不食人间烟火，还有吃零食的癖好？

旁边一位同事见笔者盯着那袋奶糖，笑着说：“这是一个同事结婚，冯新岩随份子，人家送来的。这多久了，冯新岩还没吃？”他又摇摇头，说：“冯新岩是个大忙人，忙得连人家婚礼都参加不了……”

冯新岩终于回到了办公室。笔者见他额上闪着细碎的汗珠。他向笔者表达了歉意，带我走向会议室。

开始采访。还没讲几句话，冯新岩的手机又响起来。冯新岩看了一眼，抱歉地对笔者笑笑，接起电话。

对方的声音很大，有点着急，似乎是工作问题。

冯新岩安慰对方不要着急，说：“你们拍个视频传来，我看一下。”

等视频的工夫，冯新岩说是巴西的同行，送电过程中变压器跳闸，油箱壳上瞬间滚出了火球，现场送电人员被吓得不轻，担心变压器损坏。求教他是不是赶紧把变压器拉停，防止出现大的故障。

冯新岩说，这样的电话太多了。

对方将视频发来，冯新岩看了送电瞬间的火光情况，了解了跳闸时故障录波数据，便把电话回拨过去。

冯新岩说：“我认为是送电合闸的瞬间，励磁涌流过大造成的跳闸。同时，因励磁涌流产生的漏磁过大，而变压器油箱盖法兰接触电阻也大，瞬间产生了很高的冲击电

变压器局部放电现场定位，冯新岩在指挥作业人员放传感器

位，也就出现了火光。总的来看，问题不大。”

电话那边还在说着，好像不大放心。

冯新岩就给了一个建议，现场人员按照他的建议进行调整，然后再次尝试送电，果然没事了。

冯新岩边说着“不谢”，边放下电话。

笔者佩服地说：“好神奇，怎么看一眼就知道什么情况？”

冯新岩说：“接触的案例多了，就积累了不少经验，一看就知道是咋回事。”

三

刚聊了一会儿，又一个电话闯进来，是巴基斯坦那边打来的。冯新岩的手机还成了“国际热线”。

电话那边说送电时跳了两次闸，不知道是什么原因。冯新岩又是耐心地给予了解答。

国家电网公司运营着不少国外输电工程。

2018 年，距离山东 3000 多公里的巴基斯坦默拉直流输电工程开工，近 900 公里长的电力线路纵贯巴基斯坦南北。自 2020 年起，国网山东电力的“电力铁军”就驻扎在默拉直流输电工程现场，带去了先进的电力技术，手把手地教巴基斯坦实现了电网工程的安全运行。

冯新岩常常接通国际长途，与驻守在默拉工程现场的同事交流工程进度情况。

就这样，冯新岩成了默拉直流输电工程项目的场外专家。

2021 年，山东电力负责运维的默拉直流输电工程正式投运，推动了巴基斯坦骨干电网跨越升级，满足了巴基斯坦拉合尔地区 1000 万户家庭的用电需求。

又是一个电话进来，冯新岩还是接了，无非是变压器方面的事情。冯新岩又是一会儿看视频，一会儿对着视频讲解。

好半天回到现实，冯新岩问：“刚才谈到哪里了？”

笔者笑了，说：“你的脑子也会发生短路啊。”

冯新岩一拍脑门说：“哦，想起来了。”

冯新岩说：“近年来，我国先后与巴西、哈萨克斯坦、俄罗斯、蒙古国、巴基斯坦等国家开展特高压技术合作，也就经常会接到国外同事的咨询电话。”

冯新岩曾经参与了20余次国际输电项目技术交流，他参与处置的世界范围内的故障缺陷，许多都是特高压领域的罕见案例。

四

冯新岩的电话又响了。

我们相视而笑。看他接完电话，笔者忍不住问：“你的号码都是公开的吧？晚上睡觉的时候也不关机？”

冯新岩点点头，说他不能关机，不定有什么事情。别人向他咨询，一般都是很紧急的情况，自己能帮忙就帮忙。其实很多问题也是在帮助别人分析的时候遇到的，如果只在山东电网范围，遇到的问题可能少些。放在全国电网来看，各种奇怪的问题就多了，掌握的案例也就多了。

“能够帮兄弟单位参谋参谋，解决点问题，我心里也很高兴。”冯新岩说。

“那你能睡好觉吗？”笔者想象着睡梦正酣，突然急促的铃声响起，人一下就醒了，睡意全无。

冯新岩显得有些无奈，说：“确实存在这个问题，不过时间一长，也就习惯了。前几天日照供电公司半夜打来个电话，事后一直道歉，说把我的好梦吵醒了。我说没事。”

笔者问：“什么事儿那么紧急呢？”

冯新岩说：“他们半夜突然发现变压器套管表面爬电。”

“爬电？”笔者第一次听到这个专业术语。

“‘爬电’就是电火花在变压器套管外绝缘上面不断地跳动，”冯新岩说，“当时他们的心里特别紧张，想停电，但一想，万一停电还解决不了问题咋办？犹豫再三，就给我打了个电话。”

冯新岩问：“你们室内是不是漏水？”他们说：“是啊，是有点漏水。”

冯新岩说：“屋顶漏水，漏下来的水带着石灰滴到瓷瓶的表面，就会引起表面放电，能看到电火花在上面不停地跳闪。如果‘爬电’超过三分之一，你就停电。如果没有

冯新岩在变压器上接线

超过这个范围，就没事。”

冯新岩告诉他们：“你们现在要做的就是赶紧把漏水给堵了。要不即便停电再次送上，它也还是会‘爬电’。”

于是他们行动起来，半夜里把漏水的地方都堵得严严实实，然后再看，果然没事了。

笔者不由得唏嘘起来。

五

笔者怕冯新岩一会儿接到个紧急电话再次“跑”了，就抓紧向他提问。

笔者说：“问你一个问题，我看到一个报道，说你凭着多年的研究摸索，融合超声波、高频电流等检测手段，成功总结出了特高压变压器带电检测的‘望闻问切’法。这是不是你从小喜欢医学，从中借鉴而来？”

冯新岩说：“世上很多事情都是相通的，就说电网设备检测吧，也就像给人看病。每次诊断都是一次全新的挑战。我确实喜欢医学，也就从咱们老祖宗的中医理论上套了这种诊断方法。”

笔者问：“放在你‘电网医生’这里，具体怎么讲？”

冯新岩说：“‘望’呢，就是利用红外热像仪、紫外成像仪看设备有没有异常；‘闻’是利用人耳或超声波仪器听设备发出的声音有没有异样；‘问’是问询运行人员设备的运行情况；‘切’则是结合设备的结构给设备‘把脉’。”

笔者还是有些感慨，医生可以通过与病人之间的交流来得知病人的感受，而冯新岩这位“电网医生”工作起来则颇有些难度，电网设备就像不会说话的孩子，哪里出了问题，他只能自己想办法把隐患找出来、解决掉。

笔者说：“我知道，你是先用眼睛看、用耳朵听，初步判断电力设备运行的状态，然后再用仪器检测验证，久而久之就积累了经验，练就了‘听声定位’的绝活儿。这项技能提升了设备缺陷查找的效率和准确率，让工作事半功倍。”

笔者说：“我对医学不大懂，你特别强调中医的‘治胃病’，说对待特、超高压变压器，要像中医那样治胃病。那么，中医治疗的胃病是常见的消化器官病症，变压器的‘胃病’又是指的哪里呢？”

冯新岩大笑起来，笔者第一次见到他如此发笑。“哈哈，不是，不是肠胃的‘胃’，是未来的‘未’，也就是指没有发生。‘治未病’，就是要将特、超高压变压器的隐患消除在发生之前的萌芽状态。”

笔者也掩口而笑，还真有他的。

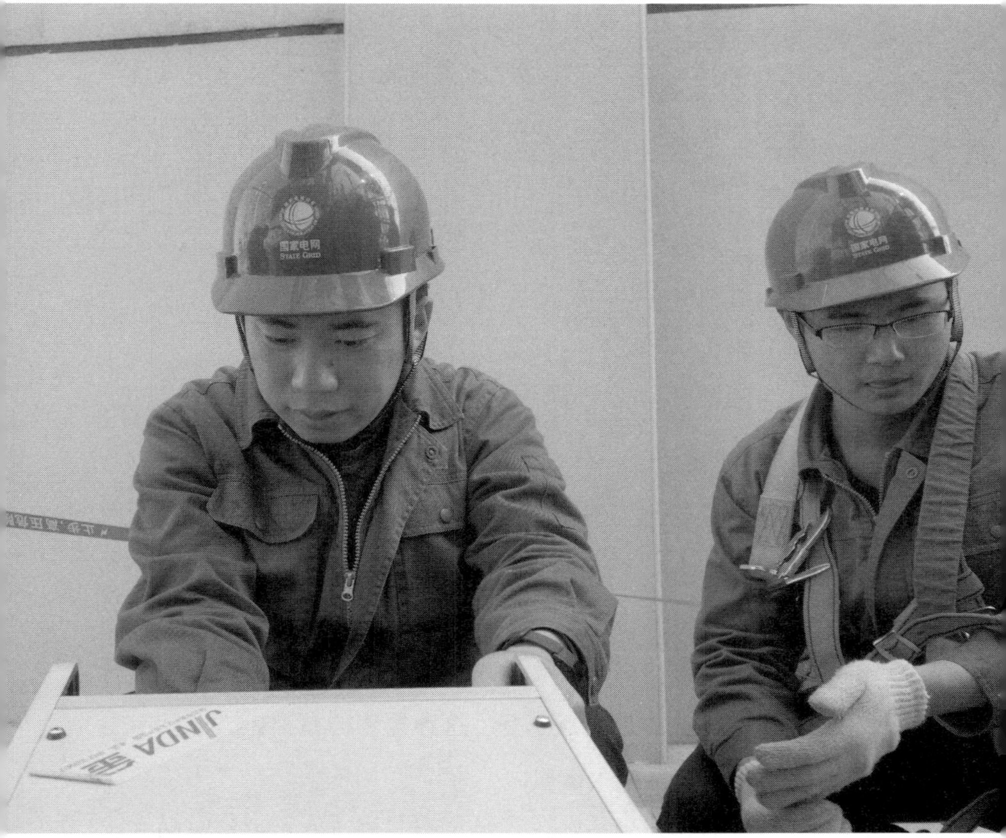

冯新岩进行变压器直流电阻试验

笔者说：“我看你发表过 80 多篇技术论文，编写了 26 项技术标准，还出版了《高压组合电器》《电网设备带电检测技术》等 16 部电气试验专业教材。你将专业理论、现场案例、先进技术融入其中，成为整个公司带电检测工作的指导工具。你是怎么做到的呢？”

冯新岩有些不好意思地挠挠头，说：“你还真是掌握了这么多东西啊。”

笔者说：“我必须得做功课啊，就这还差得远呢。”

冯新岩说：“其实，都是平常记录与积累下来的心得和经验，总结在一起了，也没什么，就是想着把自己的体会让更多的人知晓，少走一些弯路。因为有的弯路是自己走过的。”

冯新岩的确是个有心人，无论是工作还是理论，都努力向着专业的最高点攀登。这种执着的精神让人感动，专业上的高度又使人敬佩。

然而，不知为什么，笔者的心里总有点毛躁躁的，接着想起了冯新岩的妻子侯娟娟。笔者不知道，面对这样一个“日理万机”且把家也当成办公场所的丈夫，她的心里作何感想？承受度如何？

笔者决定有空去看看冯新岩的妻子。

第九章 创新研发，勇攀高峰

一

2007年夏天。正是三伏天，某变电站内，冯新岩和同事顶着烈日正对断路器均压电容进行介损试验。他们发现了一个奇怪的现象：多只电容试验结果都不合格，只能拆下来。拆下来到试验大厅再做试验，电容却又合格了。反复测试中，为冯新岩他们增加了大量工作。

冯新岩回到宿舍，坐立难安。通过查阅资料，请教别人方明白，原来是一种叫作“卡登效应”的现象在作怪，必须在几十万伏额定电压下测试结果才准确。而传统额定电压介损试验的设备笨重，现场抗干扰功能有限，只能用于试验室，无法现场使用。

灯光昏黄，冯新岩呆呆地坐在那里，心头一直萦绕着这个问题。有没有一种既轻便灵活、方便测量，又抗干扰性强、试验结果准确的新型介损试验装置呢？经过多方打听，目前还没有。

于是，冯新岩有了一个想法：突破老旧的技术装备，自己动手，研发这一新型装置。

二

回家晚了，妻子侯娟娟还在等着。见冯新岩回来，就热情地招呼：“今天怎么又回来晚了？”说着她走去厨房，端来了热好的饭菜。

冯新岩说：“你还没吃吧？快来一块儿吃。”

侯娟娟说：“我一直在等你，也不知道你什么时候到家。”

冯新岩说：“这段时间可能会忙些，主要是研究一套电力检测装置。这套装置对我们来说太实用了，我有些着

冯新岩（左一）对工作室成员进行带电检测比赛集训

冯新岩进行变压器局部放电带电检测

急，心里又没底，还不知道能不能搞出来。”

侯娟娟不知道丈夫说的科研项目，但知道他又要回家晚了，只要是攻关之类，冯新岩都是废寝忘食地硬拼。作为妻子，她没啥说的，都会积极配合。

配合就是当好后勤，让冯新岩吃饱穿暖，还有一样，不催他下班回家。

侯娟娟就说：“你的意思是这段时间可能又是没早没晚了。没事，你好好搞那个研究吧，只是要注意身体，别太累了。”

冯新岩轻轻地拥抱了侯娟娟一下，说：“娟娟，你真是我的‘贤内助’。”

没有了后顾之忧，还获得了单位的支持，冯新岩便放心大胆地干起来。

那些天，冯新岩和同事们不断摸索，找参照，画图纸，搞试验。遇到问题再向人请教、查找有关资料。

这个问题解决了，新的问题又来了，来了怕什么，兵来将挡，水来土掩，总有对付它的办法。

太阳落下去，月亮爬到了窗子上。

从白天到黑夜，关键时刻，冯新岩他们几乎忘记了回家，有时干脆就睡在单位。

汗水终于浇开幸福花，冯新岩他们成功研制出了正反接多通道高压介损试验装置。

三

这天晚上，冯新岩掏出钥匙，打开了家门。

妻子侯娟娟竟然睡在了沙发上，听到门响，立刻就起来了。

“唉，又是这么晚回来。”妻子的话音里带着娇柔的嗔怪，冯新岩听出那个话音的意思是，“终于回来了，让人家好等”。

正想回妻子的话，她已经去了厨房。而后从里面传出声音：“先洗把脸，暖壶里有水。”

一会儿工夫，侯娟娟从厨房端出来一盘牛肉，一盘炒鸡蛋，一碗西红柿紫菜汤，还有热乎乎的米饭。

冯新岩这才听到了自己肚子叫，真的是饿了，在外边买的烧饼，早就在天黑时下肚。他也不客气，拿起筷子就风卷残云地吃起来。这一幕连妻子都看呆了，看乐了。这么多天，他还没有这么吃过一顿饭呢。

“别是有什么好事吧？”侯娟娟问，“今天看你跟往常不一样，说说，有什么好消息？”

冯新岩在进行 GIS 特高频局部放电带电检测

冯新岩喝光了最后一口汤，嘴一抹，说："还真让你猜着了，我们的装置成了！"

"哎呀，你们终于搞成啦！"妻子几乎要跳起来。她的高兴劲儿并不比冯新岩差。

冯新岩指了指窗外，说："大半夜了，看把你高兴的。"

四

这一装置的成功研发有效避免了误判，避免了设备的拆装和更换，创造了巨大的经济效益。

没有创新就没有发展，搭建创新平台，激发职工创新创效活力，是山东电力超高压公司始终秉持的宗旨。对于冯新岩他们的创新成就，公司及时给予了表彰和奖励，并将创新成果推荐到省公司和国家电网公司。

2016 年，山东电力超高压公司设立了带电检测试验室。那时，冯新岩已被评为中央企业技术能手、国家电网公司特等劳动模范。为了充分发挥劳动模范的带头示范作用，山东省总工会将这一工作室命名为“冯新岩劳模创新工作室”，国网山东电力命名为“冯新岩技能大师工作室”。于是，冯新岩又多了一个称呼——“大师”。

冯新岩带领团队依托这一工作室，开展了一系列创新工作。夜以继日，焚膏继晷，他们在时光的流逝中倾注着心力和劳力。

而时光总是奖赏勤奋攀登的人，冯新岩及其团队研制出了世界上第一台便携式变压器典型局部放电信号发生器、多功能局部放电带电检测辅助工具等 10 多项实用工具，设计出了多种仪器，如能够采集超声波的信号调理器、采集高频电流的信号调理器等。

此外，冯新岩及其团队还独创了“多类型传感器融合的干扰识别法”“GIS 内部接头发热红外检测技术”等 16 项全球领先的带电检测新工艺，取得发明专利 112 项，突破了 30 项特高压现场检查技术的世界性难题。并且凭借着 GIS 缺陷模拟平台，开展了 GIS 新型状态感知技术研究等 8 项研究课题，达到了能动实用的创新目的。

这些工具和方法在全国电力行业推广应用，有力推动了电力事业的发展。冯新岩带领的团队也多次被评为全国优秀质量管理小组、全国质量信得过班组。

第十章 为了万家灯火

一

2008 年，冯新岩的大女儿出生，小两口别提多高兴，多疼爱孩子了。因为冯新岩特别忙，于是侯娟娟一个人承担起了“疼爱”的责任。

侯娟娟并不是那种捧在手里怕摔了，含在嘴里怕化了的疼爱，她只是格外尽心，怕孩子凉着，怕孩子饿着。孩子小时候经常生病，侯娟娟就总是抱着女儿上医院。

一次孩子发高烧，侯娟娟在医院里陪了整整八天。

产假歇完了，侯娟娟就得上班。冯新岩忙得一点时间都抽不出来，只好委托两边的父母。父母毕竟不是孩儿的亲爹娘，考虑问题也不可能那么仔细，孩子不是吃饱撑着了，就是穿得太厚捂着了，最后就还得上医院。

侯娟娟那阵一下从一个单纯的小媳妇变成了干练的妈妈：给孩子泡奶、洗尿布、煮米汤、洗澡、剪指甲、按摩、放音乐、讲故事，哪一样不是精精细细、认真到位？

而老人们只会笑着说："哎呀，你看看，你小时候，我们可没有这样疼爱过，不照样长大了？"

侯娟娟才不管他们说什么，只管"我行我素"。

冯新岩回到家，完全支持和理解侯娟娟的做法，只是觉得妻子太辛苦。有时候，冯新岩回家很晚，妻子还在那里洗洗涮涮，就想着帮把手。

侯娟娟说："你累了一天了，歇着去吧。"

冯新岩说："你不也是忙了一天？这么晚了还在辛苦着。"

冯新岩问妻子医院最近忙不忙。

侯娟娟说："你不知道，最近搞体检，全员上阵，再加上还要照顾病号，能不忙吗？"

而后侯娟娟说："我怎么没见你去体检呀，你是不是又拖过去了。身体是大事，不能因为忙就不去了。”

冯新岩说：“唉，别操心了，我的身体我知道，没什么大事儿。一体检又要一上午，跟我们的事情冲突了。下次吧。”

“下次，下次就是又一年了。你可不能只顾对变压器认真，自己的身体却掉以轻心。”侯娟娟说。

“好了，我知道了。可你怎么办，也不能累坏了呀，你看你，自从有了孩子，这两年可是瘦多了。”冯新岩心疼地说。

二

孩子上了幼儿园，老人也回去了，冯新岩是尽可能地接送，但主要还是侯娟娟承担了。

每天侯娟娟都是紧赶慢赶，送了孩子往班上跑，下了班再往幼儿园跑。实际上，她总是要早走会儿。

为此侯娟娟心里总觉得亏欠，于是在单位什么都抢着干，尽可能地多干点儿。

孩子上一年级了。学校离家有了一段距离，孩子放学很早，下午三点多就要开始接。而且孩子还有作业，老师布置了，家长就得配合，除了帮助辅导，还得签字。

侯娟娟只能请假提前走，就感到难为情，慢慢地，她觉得在单位头都抬不起来。唉，冯新岩又接不了孩子，真难啊。

侯娟娟买了礼物带到单位。大家都说："娟娟别这样，我们也是从你这个时候过来的，有事儿你该走就走，有我们呢。"说得侯娟娟只想掉泪。

冯新岩晚上回来，侯娟娟就说："新岩，我……想辞职，在家里专心照顾你和孩子。"

冯新岩开始有些呆愣，以为妻子出了什么状况。

侯娟娟又说："你看看这几年，我甚至都顾不上你了。你晚上回来，我有好几次睡着都不知道，也没给你热饭。"

冯新岩这才明白过来，说："哦，你也够累了。是呀，咱们两个，只能有一个作出牺牲了。"

冯新岩说是这样说，可心底里，他是真不愿意侯娟娟辞了"白衣天使"的工作，因为医院是他儿时的梦想。或是这个梦想，使他迷恋上了侯娟娟，迷恋上侯娟娟的工作环境。

侯娟娟何尝不是呢？侯娟娟曾经跟冯新岩说，她从小就梦想做一位"白衣天使"，她觉得那个环境非常适合女孩子。所以，她考的是山东省卫校，把职业技能练得那般

全家福

娴熟，那是高度的敬业精神使然。

现在，侯娟娟要从那里辞职，告别她热爱的职业了。冯新岩知道妻子心里有多么不舍，可又是多么无奈呀。

“你冯新岩能阻挡住这一切吗？能帮助妻子接送孩子、辅导作业、关心老人、照顾家庭吗？

“那次你作为验收攻坚战的专业总负责，带领团队对全新的特高压设备进行质检。连续两个月吃住在现场，没有周末、没有假期，更不要说回家看看，你把一切都扔给了妻子。

“冯新岩，你确实什么都保证不了，你只能让妻子走离职这一步了。”

这一步，好艰难！

侯娟娟还是辞职了。她成了一位全职妈妈。侯娟娟说：“新岩你就好好上班吧，不要记挂家里和孩子，有我呢。”

这样冯新岩反倒是心安了，他把更多的精力放在了工作上。

慢慢地，冯新岩的事业做得越来越红火，成就越来越多，名气越来越大。侯娟娟反而是圈子越来越小，渐渐地陷入了一个循环往复的柴米油盐的小圈子里。

三

等到有了老二，把老二带到上幼儿园，侯娟娟就想出去工作了。她不断地投档、应聘，最后找到了山东省立医院病案室的工作。病案室的工作环境不错，不是在一线，但比一线轻松，待遇也好。

但是，过了一段时间，侯娟娟还是放弃了。

不放弃不行啊，你到了那里，总得好好工作吧，不能总是迟到早退。

可孩子们的事，总由不得你。

今天这个忘带作业了，孩子打电话让送去。孩子用的是老师的手机，闹不清是孩子让送还是老师让送，学校有学校的规矩。你就得跑回去，找到了，再送到学校传达室。

明天那个感冒了，正上着课，老师打来电话，说最近病毒流行，要重视起来。你得立刻赶往学校，带孩子去医院，医院里都是排队的，等着看医生。好不容易排到，又得输液，一天都解决不完。

还有老人那里，一个星期总得要跑一趟，两家老人都去看看，买东西带东西的，分神又分心。即便是放在周末，也还要照顾孩子。

冯新岩也是想尽力帮着妻子分担一下，却总是身不由己，一旦有事，可能十天半月回不来。

就这样，侯娟娟还是离职了。

没办法啊，那套白色的衣装，被侯娟娟叠得平平整整，压在了箱底。那天看到，侯娟娟沉默了好久，眼圈一红，又把箱子盖上了。

侯娟娟就还是穿起平常的衣裳，买菜，做饭，收拾家务，接送孩子，看望老人。她不再在意穿戴，一天到晚忙而有序。

侯娟娟对冯新岩说："你看我现在这个样子，可别笑话我，我也是没有办法，一个家庭主妇，讲究不起来了……"

冯新岩与母亲、女儿的合影

第十一章 严师出高徒

一

2019 年，赵廷志接到通知，5 月要参加山东省直流运维技能竞赛。

赵廷志显得激动又兴奋，他找到师父冯新岩：“哎呀，师父，你说我能行吗？”

冯新岩一看这个小伙子就笑了，说：“怎么不行，好好准备，我也是从你这时候开始的嘛。”

赵廷志说："师父，您是鼓励我。"

冯新岩说："没问题，相信自己。"

此时，冯新岩已经是大名鼎鼎技艺超群的专家。他知道，一花独放不是春，百花齐放春满园。山东电力超高压公司一直以来都十分注重技艺传承，这既是工作的需要，也是发展的需要。

从 2007 年开始，冯新岩签约带徒弟。

作为签约徒弟，必定与普通员工不同。他们是冯新岩课题、项目的参与者，也是冯新岩推进各项工作的倚重者。

冯新岩成了"大师"级的人物，想跟他学艺的人可真不少。不少外单位同行，得知冯新岩的大名后，也是心向往之。

2024 年，冯新岩去鄂尔多斯参加活动，刚办完入住手续，就有人敲门。冯新岩打开一看，并不十分熟悉，但还是把人迎了进来。

原来是电力同行。这小伙子激动地说："我一看到参会的有您冯大师的名字，就在大厅里等。终于等到了。"

冯新岩说："你好，是有什么问题吗？"

小伙子搓着手，有些口吃了，说："不，不，没有什么问题，就是，就是想跟您当徒弟。"

冯新岩就笑了。

不过，冯新岩不能轻易地收徒弟，因为有一个是否方便传帮带的问题。他在山东电力超高压公司真正签约带的徒弟，也就十来个。

但冯新岩还是尽其所能地将所学所得无私地传递给同行。扎根一线，他是头戴安全帽的技术大拿；踏上讲台，他是授业解惑的良师。他会根据自己的实践制定培训方案，从理论到实践，让学员切实地学有所得。

2013 年，国家电网公司实施带电检测千人培训计划，冯新岩被抽调做老师。来这里培训的都是各省电力系统的骨干，培训好后，回去再带动其他人做带电检测培训。

开课之前，冯新岩天天做实验，将仪器操作的难点、信号变化的特点等一一摸清，熟稔掌握，再对学员进行培训。

冯新岩常对学员讲：“要养成勤于学习和总结的习惯，现场工作前先根据要干的工作，熟悉相关规程，了解相关原理，工作过程中结合实际操作再对理论加以巩固。不明白之处抓紧问，不但要问，还要多查资料。然后，思考这次工作学到了什么，还有哪些问题，应该如何去解决。”

冯新岩又对学员说：“我们将简单的事情做好就是不简

单，将平凡的事情做好就是不平凡。要扎扎实实，一步步地跟进，慢慢地就会有大收获。”

冯新岩带领学员们做实验，将仪器操作的要领、信号变化的特点和工作实践中的经验一一传授，实际操作中，也会像当初自己的教练那样，手把手地教学员们把活儿做得细致、漂亮。

这些学员或多或少都有了冯新岩的影子：诚挚、踏实、严谨、细致。

冯新岩说：“一个人的力量微乎其微，我就是想把一个人变成一群人，把不会的教会，把会的教好，把好的由‘工’变‘匠’，让更多高技能人才扎根电力一线，为我们的时代作贡献。”

这些年来，冯新岩为来自全国各地的电力从业者和学生累计授课 2000 余课时，培训学员上万余名，不愧为优秀导师。

二

赵廷志是冯新岩最得意的徒弟之一。

赵廷志刚入职那年，冯新岩已经在业界闯出一定的名气。可以说，赵廷志的成长路线和冯新岩的事业起飞路线

冯新岩（中）对徒弟进行培训

基本上是重合的。

见到赵廷志时，他很自豪地说道：“全国凡是同行业的疑难杂症，往往第一时间打电话向师父求教，跟着这样的师父学习，是一种莫大的幸运！”

不过，对于师父的“严厉”，赵廷志也深有感触。

刚参加工作的时候，冯新岩让赵廷志多观察，多实践，不懂就问。有一次遇到一个问题，赵廷志把握得不好，也不好意思问，做得有些含糊。做完了就感到冯新岩看出来了，因为冯新岩立刻就把赵廷志没有做好的地方进行了校正。当时赵廷志心里还感慨，觉得冯新岩给自己留了面子。

哪里想到，事情结束，冯新岩还是指了出来，而且劈头盖脸，毫不留情，说得赵廷志头上直冒汗。

吃饭的时候，冯新岩端着碗坐到赵廷志身边，笑着说：“今天怎么吃这么少呀？人是铁饭是钢，可要多吃。”说着便把一只鸡腿放在了赵廷志盘子里。赵廷志心里立刻就暖和了。

冯新岩说：“今天的事情，如果我睁一只眼闭一只眼，反而会影响你进步。你是新员工，对于专业上的每一个细节，都要从根上了解清楚，不能一知半解啊。要趁着年轻尽快掌握技术，掌握得越多，心里越有底，工作起来就越有信心，即使以后独立操作，也能得心应手。”

此后，赵廷志始终不离冯新岩左右，并像当初的冯新岩那样，勤于学习，善于思考，遇到问题就虚心求教，很快便成长为公司的技术能手。

三

冯新岩深知专业的重要性，于是不断带领徒弟外出交流，排查故障，参加研讨等，拓宽他们的眼界和胸怀。

当然，在实践中冯新岩更加严格要求和培养徒弟，希望徒弟们既有扎实的理论知识，又有丰富的实践经验。

一次出现场，赵廷志等人测一台 GIS 设备，看显示是个干扰信号，就没放在心上，便没再测，写了报告，回去向师父交差了。

冯新岩听了汇报，又看了报告，眉头皱起，兜头就是一顿批：“咱们的工作可关系到电网的安全稳定运行，不能简单一测就认为没事了，要扎扎实实地确定才行。回去重测吧！”

赵廷志感到既难堪又难过，“是啊，怎么忘了师父平时做的了，师父总是一次一次地测，耐心细致，而且每次

冯新岩对运维人员进行红外热像检测培训

都有完整翔实的报告。”

赵廷志他们回去重测，并把报告翔实记录。以后的每次检测，他都不敢再有一丝马虎。

2018 年底，几个徒弟去检测沂南变电站，他们多方检测，细致分析，得出了一致的结论：变压器存在问题。回来后，他们向冯新岩汇报了检测的过程、判断的依据。

冯新岩听了汇报，又看了图像和分析报告，认为故障定位切实准确，结论报告清晰无误，给予了肯定。后来，厂方技术人员找来吊车和各种设备把变压器拆开，果然与检测结果相符。

在冯新岩的严格要求下，每个徒弟都成为独当一面的“专家”。

四

为了省直流运维技能竞赛，赵廷志积极准备着。

冯新岩总是不时地关心和指导，告诉赵廷志重点关注的点是哪些，每个动作怎样规范，预想比武中可能出现的各种问题，提前设计出应对措施。

忙起来就忘了时间，等冯新岩回到家，又是半夜了。

这天，赵廷志照常练习实操模拟，他不知道冯新岩提前在仪器中修改了不受关注的默认参数，结果掉进了“陷阱”。好在赵廷志跟着师父“久经沙场”，想起师父讲过的经历，稳下神来，终于发现了问题。

师父笑了，他也笑了。

后来，徒弟们发现，冯新岩经常会在哪里故意挖一个“陷阱”，让你跳进去。如此，他们便总是不敢掉以轻心，不知不觉地积攒了很多经验。

那次比赛，赵廷志信心十足，毫无悬念地获得了第一名。

赵廷志说：“我要永远感激师父。不严不成器呀，‘严厉’就是帮助我们成长的营养剂！”

后来，赵廷志多次在各类比赛中斩获佳绩，还被评为齐鲁首席技师、山东电力青年岗位能手。

五

逮着一个机会，笔者见到了冯新岩的几位高徒。

冯新岩如一个孜孜矻矻的攀登者，登上专业的珠穆朗玛峰。而冯新岩的徒弟也像他一样，在求索的路上锲而不舍、砥砺前行。

由此，山东电力超高压公司的换流变检测检修领域在国内始终保持着一流水平。

冯新岩检查试验完成的数据是否合格

李承振成为冯新岩的徒弟有十来年了。

“你参观过他的工作室没有？”李承振问笔者。

笔者点点头。

李承振说：“其实那里只展览了很少一部分成果，有的成果是软件，工作室里看不到。有些是硬件，有些是在现场的应用装置，还有一部分是科技创新，比如我们和一些厂家合作共同研发的装置。在实践中，我们发现某些装置需要改进，便告诉厂家加以调整，在我们的试验室加压测试。”

李承振又说：“今天上午就会过来一个厂家，我们给他们提了不少意见，他们改完后我们再测试，看是否达到了要求。你要不一会儿也看看？”

笔者说：“好。”

李承振说：“都说我师父严，我师父确实很严的，不管在做事还是做人方面。偷偷地告诉你，我们电气试验班有个资料室，我们都叫它‘小黑屋’。有时候，师父看我们哪个工作做得不够好，或最近谁不上进了，就会把他喊‘小黑屋’里毫不留情地批上一顿。”

笔者呵呵地笑起来，眼前浮现出冯新岩不苟言笑的样子。

在徒弟杜滨洋的眼中，冯新岩有点像电影里的“技术狂”，平时不爱讲话，一谈起技术，却滔滔不绝，打也打不住。

杜滨洋说：“师父对技术有一种天生的痴迷，或者说，在这方面有种天赋，再加上勤奋，才一步步走到今天。”

杜滨洋说：“师父在生活中其实也不是那么圆融，我见过师父和别人争吵，两人吵得脸红脖子粗。但事后师父见了人家，还是笑呵呵的，好像什么事都没有发生，倒是让别人觉得挺尴尬。”

赵廷志插话道：“师父就是这样，对事不对人。他对我们确实是挺严的，但后来开花结果，就都尝到甜头了，也明白了师父的良苦用心。”

在冯新岩的悉心教导下，徒弟们勇攀高峰，对业务从困惑到明晰，从一知半解到了如指掌，从职场新人一步步地成长为岗位的中坚力量。10 名徒弟中，有 5 人取得高级工程师职称，5 人获得省级以上奖励。2019 年在山东省特高压直流运维技能竞赛中，徒弟们包揽了带电检测专业前 5 名。2022 年 8 月，山东省特超高压电网变电检修专业技能竞赛，徒弟们分别包揽了冠、亚、季军。

冯新岩真正做到了“能手身边再出能手，劳模身边再出劳模”。

第十二章 匆匆，总是感慨

一

2021年4月30日。

早上8点，冯新岩和同事们驾车出发，赶往1000千伏特高压泉城变电站。这天凌晨3点，1000千伏河泉Ⅰ线高抗完成了停电操作，正式进入为期20天的检修阶段。

为保障全省特高压能源大动脉健康运行，平时的排查很重要，必要的检修也很重要。尤其是高压线路重要的节点部位。

一次，某500千伏变电站设备出现异常放电信号，冯新岩要求立即停电。设备拆解后发现，放电产生的粉尘已经布满设备内部，故障随时可能发生。

还有一次，某500千伏变压器高压套管严重漏油，若不及时停电予以更换，设备必将爆燃，造成城市大面积停电。

防患于未然，排查和检修均是重中之重。

河泉Ⅰ线、Ⅱ线是华北地区特高压骨干网架的重要组成部分，日均输电功率在200万千瓦以上。此次河泉Ⅰ线停电检修，共涉及隐患排查治理、二次回路检查、保护装置检验等多项工作，以确保这条外电入鲁的电力大动脉今后几年健康运行。

作为“电网医生”的冯新岩，必定要进站开展设备检测。这次停电检修时间比较长，要在2021年5月5日之前完成全部修前试验，确认GIS和高抗检修前的状态。

电力专用试验车内，除了工作人员，塞满了各类仪器和行李。

冯新岩和同事们要一直坚守在检修现场，“五一”假期也不能回家了。

冯新岩正在进行带电检测

二

结束检修的时候正是周末，冯新岩打开房门，家里竟然没人。他正想打电话给妻子，一抬眼看到桌子上保温壶旁边有张字条：

“新岩，这些天你累坏了吧？我给你炖了一只老母鸡，知道你好熬夜，工地上吃不好，你要补补身子。我带着孩子去看看咱爸妈，他们那里没什么事，‘五一’节我们

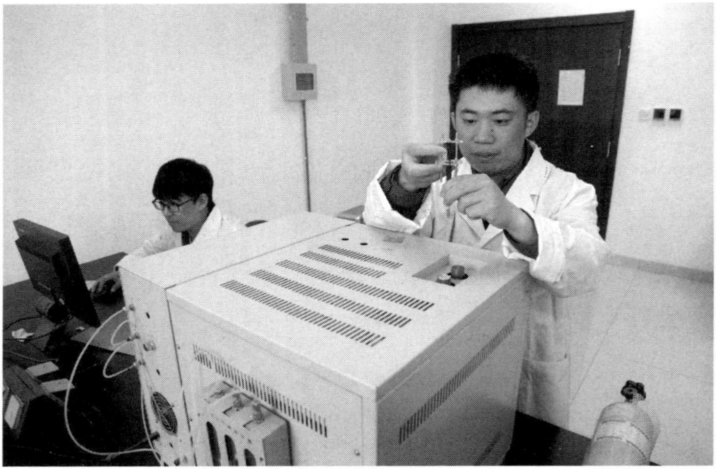

冯新岩进行绝缘油色谱试验

两家都去了。这次炖了两只鸡，给他们也送一只。你一定都吃了，把汤也喝了，然后好好地睡一觉。我估计回来，正好该送老大去上补习班。你安心地睡会儿吧，把觉补够。”

冯新岩看到“咱爸妈”，就知道妻子是去了自己的父母家。多少年，这个称呼已经习惯，如果是妻子的父母，她就会说“我爸妈”。

冯新岩还真饿了，他闻着喷香的鸡汤，不由得喝了起来，而后又抓起一只鸡腿。有人心疼好啊！冯新岩边吃边感慨，这只老母鸡又香又软，不知妻子炖了多久。

这些年，冯新岩经常吃到如此可口的美食。为了把饭菜做到位，妻子没少看菜谱。她这是放下了医道，钻研起了家道，有心要把他和孩子照顾好。

冯新岩没有把老母鸡全吃完，他只吃了少半只，就把保温壶盖上了。他要留给妻子和孩子。

妻子每天操持家务，带着两个孩子，还要照顾老人，够辛苦了。而自己对两个孩子关心得也不够，她们吃得怎样，学习怎样，虽然也过问，但真正的操心还是不具体的，粗线条的。

三

“哎，今天好稀罕呀！”

侯娟娟回头时，发现了站在教室外的冯新岩。

自大女儿上补习班以来，还没见冯新岩接过孩子呢。侯娟娟笑起来，说：“女儿看到爸爸来接，一定很高兴。”

冯新岩笑着说：“我就不能接孩子吗？”

这么多年，欠妻子欠孩子太多，冯新岩想着能弥补就尽量弥补一下。

侯娟娟问：“今天怎么回来早了？”

冯新岩说：“刚开完会，班上没啥事，就跑来了。”

这段时间，冯新岩早出晚归的，几乎见不到两个孩子。不是孩子还没有起床，就是回来时孩子已经睡下。作为父亲，冯新岩哪能不想孩子、不亲孩子呢。

刚说完，冯新岩的电话响了。冯新岩说：“我接个电话。”就去一边说话。

侯娟娟听丈夫说的还是变压器什么的，就独自看起手机来。

冯新岩那边挂了电话，刚走过来，手里的电话又响起来。冯新岩只得笑笑，又躲一边去了。

接完再过来，冯新岩对侯娟娟说：“没事，都是小事情，都解决了。”

四

侯娟娟总是说冯新岩的电话是“国际热线”，不定哪里呼叫他。冯新岩也不否认，因为确实如此。不光是山东电力系统，业内也是这样，有事了解决不了，就会相互打

冯新岩（右）和同事分析色谱试验结果

冯新岩获得“齐鲁大工匠”荣誉称号

听，慢慢地就都打听到冯新岩这里来了。冯新岩可是国家电网公司变压器专业首席专家呀。

这样，无论是哪个区域的变压器出了问题，都可能打电话给冯新岩。大家都是电力同行，提的问题又是关于变压器的，也就算不上打搅。

对于冯新岩来说，通过电话、微信帮省内外同行分析变电设备的异常并给出建议，几乎是每天都有的事情。

在单位可能感觉不到，到家里时就不一样了，不分时间的电话铃声把侯娟娟弄得不知所措，还有两个孩子呢，不做作业，不睡觉？也可能冯新岩已经习惯了，可其他人会被搞得神经衰弱的。

没办法，冯新岩只能独自睡一个房间，独自“享受”电话铃声的骚扰。

这次接孩子，让侯娟娟又感受到了那清脆而热情的叨扰。

这不，冯新岩的手机又响了。

这回冯新岩只接了几句，就过来跟侯娟娟说：“有个急事，我还得去办公室一趟。”说完就急匆匆地走了。

有家长过来说：“你们家老冯轻易见不着，这次来了怎么不跟你们说一句话又走了？”

侯娟娟只得无奈地笑笑。

女儿出来了，侯娟娟说：“刚才你爸爸来接你了。”

女儿高兴异常地问：“啊，老爸呢？”

“又走了。有个电话找他。”

“唉，老爸忙啊……”

五

冯新岩回家时，孩子已经睡了。

第二天，冯新岩对女儿说起了昨天的事。

女儿说：“没事，反正老爸接不接我都习惯了。不过，下个月中考，你得送我去，怎么说也得给我加个油不是？”

那是，女儿都要成为高中生了，真快呀。这三年，不，还有小学的六年，都是怎么过来的呢？一晃，女儿竟然要中考了。

冯新岩怎么着也要去送女儿到学校，然后等着女儿出来，问问她考得怎样。这些年错过了很多，不能再错过她中考了。要不这个老爸就太不合格了。

中考的时间终于到了，女儿显得很激动，早早地起来，认真地梳洗和打扮了一番，然后对冯新岩和侯娟娟说：“我一定会考好，爸爸妈妈给我加油啊！”

“对，孩子，我们相信你，一定会考好的。今天爸爸妈妈都去送你，给你助力！”

出门的时候，冯新岩的手机还是不留情面地响了。

三个人互相看看，冯新岩还是接了，他不可能不接，这是习惯，也是责任，更是担当啊！

接了就有事了，而且是必须处理的事。

冯新岩这次真的感到了苦恼，感到了不安。恰逢女儿中考啊！

侯娟娟看出来了，知夫莫若妻，她轻声地说：“你要去就去吧，有我呢。”

而后侯娟娟对女儿说：“放心考吧，爸爸忙，有妈在。妈妈会一直守在门口，等着我女儿出来，等着我女儿的好消息！”

冯新岩看到，这时的母女俩眼里都挂了泪花。他鼻子一酸，大男子汉差点来了个儿女情长。他摇摇头，快步地离开了。

第十三章 “大国工匠”眼中的“大国工匠”

一

这次来找冯新岩，是提前说好了的，他却因为一个紧急任务去了烟台。

正巧，走廊里遇到了王进，因为都在一个公司上班，也是老熟人了。王进热情地把笔者让进了他的办公室。

在山东电力超高压公司，冯新岩和王进是两颗耀眼的明星。他们都在各自专业领域创造出不菲的业绩。

王进是660千伏直流输电线路带电作业世界第一人，是2018年“大国工匠年度人物”，党的十九大代表。冯新岩则是2022年“大国工匠年度人物”，党的二十大代表。

这两人不仅是超高压公司一门双工匠，在整个国网系统也是仅有的两名“大国工匠”。

王进的办公桌也和冯新岩的一样，挤在一片办公区域中间。

是啊，他们真正的办公地点都是在特超高压的一线。王进今天是没有接到任务。

王进说：“说不定一会儿一个电话，我就走了。”

笔者说：“你可不能走，我还想和你聊聊冯新岩呢。”

王进给笔者倒上一杯水，乐呵呵地说：“好说，我们俩20来岁就认识了。那时冯新岩的办公室在洗手间对面，我呢，上洗手间，必须经过他的办公室。”

王进说：“那个时候，冯新岩还是‘小冯’，头发又黑又浓，不像现在满头花白，脸上有了褶子，像个大叔喽！”王进咧开嘴笑起来，显出一丝俏皮，与沉静腼腆的冯新岩完全是两种风态。他接着说：“其实新来的时候，我们还没说过话。我呢，大大咧咧的，那次去洗手间忘了带卫生纸，就跑到小冯的办公室去了。‘哎，有纸吗？’这小冯二话不说，立刻就撕了一大节递过来。我说：‘哦，多了多了。’”

后来呢，王进还是会去要纸，嗨，每次小冯都是热情地把一大卷纸递过来。这一来二去的，两人就熟了，成了好朋友。

二

王进说话时嗓门大，说着像想起来似的一捂嘴巴，看看周围。其他同事都在安静而紧张地工作着呢。

王进说：“哎呀，在野外作业都是喊。不喊听不见。当一个人站在高高的线路上，山川、平原尽收眼底，便有一种想流泪的冲动。实在憋急了，我就大声吼几嗓子。天长日久地，就养成了一副高嗓门。不像冯新岩，平日不大说话，说话也是细声细嗓的。”

冯新岩和王进不同，他是在杂乱无章的信号干扰里抽丝剥茧，在混乱无序的电磁环境中辨别异常信号的。

王进说：“我们有时候彼此羡慕，他羡慕我常年像风一样跑来跑去，我羡慕他可以长久地待在一个地方……”

“谁的手机响了？”王进立刻就看了看，而后说，“是你的吧？”

笔者摸出手机，是冯新岩打来的。冯新岩说着抱歉的话，问笔者现在在哪里。

笔者说正和另一位“工匠”在聊“工匠”呢，冯新岩就笑了，说：“这个王进厉害，也能侃，其实你也可以写写他。”笔者说一个还顾不过来呢。

王进就说：“新岩哪，你看你忙的，没事儿，这会儿我闲，我就替你说了啊。”

王进又去添了一次水，说：“喝水，水有的是，多喝

冯新岩在进行 CVT 试验接线

冯新岩在调试局部放电综合监测装置

点儿，省得上火。我知道这一段时间你总是追着新岩的影子跑，采访这事儿吧，我理解，采的人比被采的还着急。就像我们干活儿，活儿不干完，总是在那儿揪着，让人不踏实。”

笔者自然认可，说：“你说得太对了。”

在王进眼里，冯新岩虽然不善言辞，性情温和，但对工作却是没说的。

“这人爱较真！以前他担任电气试验班班长时，同事们都不希望他出去干活。为啥？变电专业工期挺长的，一出去十天半个月，干得快的五六天就能撤。那时候大家都年轻，就希望早点干完回去喝酒聊天。冯新岩一出去，哎哟，总是能找出别人找不出的问题。太负责，太认真！”

王进说着猛然想起来什么，站起来说：“嗨，我还忘了，等等啊，”就走到里面的格子间去了，一会儿手里拿着一包零食过来，笑呵呵地说：“我这是借花献佛啊，忘了你们女生的喜好。”

王进这时话题一转，说：“冯新岩，有福！”

笔者第一次听人这么夸他，忙问：“怎么有福？”

王进张嘴先笑：“我有时候跟他开玩笑，说你看你，长得不怎么样，个头儿也不高，却娶了个漂亮媳妇。”

原来是这个呀，笔者也笑起来。这个王进，明显是“嫉妒”人家嘛。

笔者说：“你说点儿正事儿好吧？”

王进说：“我说的就是正事儿嘛。这老冯啊，在特高压变压器领域，绝对是大咖！谁都知道，他的电话巨多，不是这事儿就是那事儿。我就对他说，你个老冯有福啊，要不是老婆替你顶着，维护着大后方，你哪能这么顺顺当当地走下来？老冯就点头称是。是吧？他不得不承认我说的是对的。”

三

倒也是，王进说得没错。这就又说到那句俗话了：好男人背后一定有一个好女人。

说到冯新岩的爱人。王进说两家人关系挺熟的。

聊得深了，王进就感慨，说：“像我们干特高压工作的，没个好家庭支持真的不行。动不动就出差，要开故障分析会，要检修，即便是大半夜，如果遇到事儿，也是说走就走。去年老冯又当了山东省总工会兼职副主席，多了一个事儿吧？忙得哟！说实话，我都替他为难。”

冯新岩使用红外成像仪对组合电器进行 SF6 气体泄漏检测

王进顿了顿，喝了一口茶，又对笔者说：“喝水，凉了吧？我去给你倒。”

笔者说：“不用不用，正听你聊呢。”

王进就接着说：“这个老冯是个完美主义者，什么事都想做到最好。这样心思就费多了，你看他这两年沧桑的，皱纹噌噌地长，明显见老。说实在的，他身体不如我，你看我还可以吧？绝对比他壮。我们野外作业，没个好身板攀不上高塔呀。”

笔者说：“是呀，他的身体基础没有你好，冯师傅从小身体就有点弱。”

王进的感慨又来了：“关键是他这人不注意，不在乎，还不听老婆劝，就是一门心思地鼓捣他的事儿。唉，他跟你说过吗？前两年他后背长了个疖子，开始不当回事儿，还是出差，干活儿。他可能想着那东西会慢慢地消下去，可是人家却慢慢地长大了，弄得他不得不去看，还做了手术，天天换药、包扎的，他就又没空了。一个星期后，他又出差了，结果呢？化脓了，膀子都快提不起来了。这人啊，是个天生干活的主儿，跟自己较劲儿。”

笔者一边听，一边记，有时候忘了记，就等着王进往下说。

王进摸了一下脑袋，好像又想起了什么，问：“还有一件事，老冯说过吗？”

笔者说：“你说嘛。”

王进就说：“不知道老冯往年的体检都参加了没有，反正2019年吧，他一检查就是甲状腺癌。”

“啊！”笔者吃了一惊。

王进说：“是呀，这能是小事儿吗？平常怎么没注意呢？反正他是做了手术。做完没多久，他又忙活去了。他不说，一般人也就不知道。唉，这个老冯啊，生活上，怎么说呢，确实凑凑合合。”

末了王进又加了一句：“还是那句话，要不是他老婆侯娟娟，嗨，你就想去吧。”

笔者说：“你们都在一起工作，可以多说说他，让他注意点儿身体。”

四

王进还在喋喋不休地说着他的老伙计。

在众人眼里，他们是“成功者”，荣誉加身，受到国家领导人的接见，走到哪里，都备受尊敬。但是，他们也受过别人没有受过的苦，蹚过别人没有蹚过的河。

王进在百米高空检修百万伏带电线路，电弧能让人瞬间化为灰烬。

冯新岩在百万伏电磁环境下带电检修，也是如履薄冰。

实际上是他们厚积薄发，逐渐把自己变成了他人难以望其项背的风景。

目前，山东电力超高压公司成立了“进·新特超高压创新团队”，在“大国工匠”、党的二十大代表冯新岩、王进劳模工作室的基础上，优化组建成特超高压输变电行业前沿领域的创新团队。

通过榜样力量的带动，段涛、李敏、赵廷志等一批优秀人才脱颖而出，成为特超高压领域的拔尖人才。

冯新岩（中）和工友们进行变压器局部放电带电检测

第十四章 大爱，点滴付出

一

冯新岩来看父母，两位老人差不多80岁高龄了。

母亲说："哎呀，儿可来了，这么多天都见不到你的影子，整天想着儿怎么还不来。你看看，一个城里住着，也像隔着个泰山。"

父亲说："嗨，你总唠叨个什么，孩子不来你唠叨，来了还唠叨。"

冯新岩就愧疚地说："唉，我也是天天都想着来看看你们二老，就是事儿多，计划总是赶不上变化，想好了的事，到跟前就又变了。要不是趁着开会结束过来，还说不准啥时有空呢。"

母亲说："瞧瞧，年纪轻轻的，都有白头发了，你爸像你这么大，满头黑油油的。你们年轻人呀，可要注意身体，再忙也得注意身体。人家咋说？身体是本钱呀，没了本钱，就啥都没了。"

父亲说："新岩现在是什么'导师'了，比你老子强，忙就忙点儿吧，人家信任你，你就要对得起人家的信任。"

冯新岩就有些激动，说："爸，我的今天还是多亏了您的影响，我还记着小时候那次变压器着火的事。都说变压器着火了，你却判断得清清楚楚，三下五除二就把它解决了。我现在一天到晚地跟变压器打交道，有时候眼前就晃出小时候的场景。"

父亲说："还真是有传承啊，你看，离不开变压器了吧？"说完哈哈笑起来。

笑完，父亲的自豪感就来了，说："你上回让我看的变压器的大照片，好家伙，现在的变压器跟以前的变压器大不一样了。我知道现在叫特高压变压器，比你上班时的超高压还高级，你老子再到它跟前，也摸不着南北了，还是我们孩子能啊！”

父亲毫不掩饰对儿子冯新岩的欣赏，他也是逢人便讲，大家都知道他有个电力大专家的儿子，比他老子还棒。

大家聊天时都说：“你看现在不停电了吧？哪像过去，一会儿一停，天天限电，做啥也做不好，连个电视都看不成。那个时候，停电是正常，不停电了，反而说，哎，今

冯新岩在进行变压器试验登高接线

天咋还没停电呀？刚说完，就停了。”

说着就笑，而后大家就说：“还真是，现在什么时候停过电呀？高压线送来了那么多的电，还有老冯家儿子这样的‘电网医生’保护着，还能停电？不停了。”

“是呀，多活些日子吧，好好享受享受时光，看看国家到底能发展成什么样。”

老人们感慨着，有时遇到冯新岩来看父母，他们也会和冯新岩唠唠，问问电力方面的问题。

冯新岩跟父母拉呱儿，问着他们最近的身体情况，对他们说着注意事项。母亲说：“你别老说我们，你要多注意自己，你看你忙的，娟娟来五回，见不到你来一回，不是开会就是出差。你还总是让娟娟操心，你得听娟娟的话，顾着点儿自己！”

父亲说：“好了，别说那么多了，不是小孩子了。”

临别的时候，父亲又交代了一句：“新岩啊，你什么时候有空了，我想回老家看看。”

二

为此冯新岩特意找了个空当，带着父母回了一趟老家。

老家还是那个样子，街道没变，只是变成了水泥路，有了路灯。

村里的土地大多流转了，种上了花木。在农田里，也有了高压电网。电网穿过一条条河流，越过一个个村庄，一直伸到远处去了。

冯新岩还意外地见到了那位同学的父亲——张大夫。

张大夫正在门口晒太阳，看到冯新岩及其父亲很高兴，赶忙去屋里拿了小凳子让两人坐。

张大夫也老了，他跟冯新岩父亲的岁数差不多，头发白了，也掉了不少，有些秃顶了。

张大夫呵呵地笑着，跟父亲说着冯新岩小时候的事，说：“新岩就想挂个听诊器。现在呢？新岩可是电力‘大国医’了。”

冯新岩也笑着说：“叔叔，您在我心里，还是崇拜的对象，小时候的印象是改变不了的。正是您给了我鼓励，我才发奋读书的。我还记着您对我说的话：‘黑发不知勤学早，白首方悔读书迟。’”

大家都笑起来。

张大夫的儿子倒是成了一名医生，学的是中医，毕业分配到外地去了。

张大夫和冯新岩聊了很多电力方面的事情，而后就高兴

冯新岩在听异常声音

地和父亲说着闲话。张大夫还没忘父亲给他家换保险丝的事情，说那次真长见识了，什么时候都是人外有人，天外有天。

两位老人因为孩子而成了朋友，那时候父亲有了病，也会去找张大夫。张大夫总是热情而认真地治疗。

停了一会儿，冯新岩的父亲说："张大夫啊，跟你打听个人，你知道那个老明吗？他有俩孩子，一个男孩一个女孩。"

张大夫说："哦，你说的那个老明啊，我知道他，他那时候总找我看病，他两口子身体都不是太好，但是没想到他女儿先走了。”

“怎么回事？”冯新岩的父亲忙问。

“好像是生病走的。他不是后来跟他孩子去了济南嘛，女儿一走，老伴儿心里就结疙瘩了，没两年也走了。剩了个孤老头子。”

“那他儿子呢？”冯新岩的父亲追问。

“听说做买卖什么的，好像是不大顺利，具体什么情况就不知道了，他也不回来，我也是听人说的。那孩子自己都废了，也不顾他老子了。”

“唉，这老明，年轻时挺要强，活儿干得也好，我们在一块还不错，没想到他晚年是这样。你知道他住在济南什么地方吗？”

张大夫说：“等等啊，我问问。”打了几个电话，张大夫还真问出来了，他找了支笔写在一张纸上，递给了冯新岩的父亲。

回去的路上，冯新岩说：“爸，你回老家，是不是也跟明叔有关呀？”

父亲说：“也是其中一个念头吧，人老了，念头就多了，想想这个想想那个的。”

冯新岩在对高处作业人员进行指挥

三

到了济南，冯新岩就带着父亲去找到了明叔。但是明叔的精神好像出了问题，有时清醒有时糊涂，不大认得人了，生活也无法自理，有一个保姆在家里。

父亲很伤感，他对儿子说：“你要尽可能地照顾一下明叔，少去我那里，也要多看看明叔。”

冯新岩照办了。他也是十分同情，平时一有时间就去看看明叔，自己实在抽不出空儿，就让妻子去，逢年过节

冯新岩在进行 GIS 超声波局部放电带电检测

更是送上温暖和关怀。

有时候明叔清醒些，会跟冯新岩说几句话。那天，他竟然知道冯新岩是谁，并且断断续续地说出了冯新岩的父亲冯庭梁的名字。

老人心里什么都知道啊。

冯新岩就像一道明亮的烛光，温暖了孤独的明叔。

等冯新岩再去的时候，明叔在床上颤巍巍地伸出手，要拉住冯新岩。冯新岩坐在明叔身边，握住明叔的手。

明叔长时间地看着冯新岩，断断续续地说："孩子，见了……你爸，跟他说，好人，好人，好好保重……"

冯新岩看到一颗混浊的泪珠从明叔的眼里滚了出来。

老人去世了。

冯新岩与明叔的邻居一块，为他操办了丧事。冯新岩还以儿子的身份，为明叔守灵，送葬。

第十五章 向“无人区”挺进

一

2024年9月18日，冯新岩和厂家一起做变压器故障模拟试验。

笔者闻讯追了过去。

这个冯新岩，他一会儿在这里，一会儿在那里，自上次采访，仍旧是很难见到。笔者说：“我去他家里等，总会等到吧？”

可冯新岩的同事说：“那也不一定，你就是等得睡着了，他也可能回不来。”没办法，笔者只能追着他的行踪跑了。

见到冯新岩，他笑了，说：“我昨天中秋节就过来了，为了赶进度，只好牺牲和家人团聚的时间。”

笔者吐了吐舌头，幸亏昨天没上他家去。本来想着中秋冯新岩能不在家，看吧，人家就是没在。

冯新岩站在一台“变压器”前——这是让厂家做的缩小版的“变压器”，不过即便是缩小版，电压也有 500 千伏。冯新岩说，常规的带电检测需要人到现场对设备检测，特别是对故障设备进行检测，安全风险比较大。一旦有放电，就有可能发生爆燃。

冯新岩的担忧不是没有道理的。

2017 年，某换流站换流变压器套管爆燃引起火灾，事故发生后，消防系统启动，但未能有效地控制火势，造成经济损失十几亿元。

2018 年，某变电站变压器爆燃起火，附近 2 公里内可见火光并伴有爆炸声，部分区域停电，造成严重的社会影响……

“那么，怎么解决检测的科技难题呢？”笔者问。

“就是大力发展智能传感技术，这是一个必然的方向。

冯新岩在创新研制工具中

我们是离现场最近的人，所以必须首先走这一步。这是大势所趋。我在基层干二十多年了，对这项工作体会得深刻一些，”冯新岩说，“虽然有些专家也在牵头写标准，但他们往往不做具体的工作，对变压器检测过程中发生的问题掌握得也不如我们清楚。”

“智能传感技术？”笔者十分好奇。

冯新岩说：“对，打个比方吧，装上这套系统就像一个人背着 24 小时的心电图监测仪，持续采集‘心脏’的状态，我们通过后台就可以实时监控变压器的运行情况。不仅能远程发现它潜在的问题，预测故障，真的发生异常时也能更迅速、更准确地提供保护措施。上回提到我们研制出世界第一台‘变压器局部放电典型信号发生装置’，就是配套开展智能检测的，能够校验装在变压器上的检测设备的精度和健康度。”

从最初的变压器停电检测，到带电检测技术，再到如今的智能传感技术，每一步都是一个巨大的飞跃，对变压器的保护也更精准、更有效，有力提升了电力系统的运行效率。

从 2019 年开始，冯新岩及其团队推行智能在线监测系统，近两年又对一些套管加装了资源监测，对一些油色谱装置的精度检测和保护手段也更多样了。

“很多手段都在慢慢地上。国外没有特高压，世界上也没有成型标准，可以说，发展智能在线监测系统在全球还是一个‘无人区’。”冯新岩说。

二

凡是最新的事物，只能摸索着做。前途是光明的，道路却是曲折的。而这“曲折”可能是九曲十八弯，真是让人望眼欲穿。

曲折的过程不仅是技术上的，人的心理也会时时地遭受折磨，面临来自各个方面的困难和压力。

首先，智能在线监测系统势必要往变压器上装很多传感器，有时难免产生误报，给监测带来困难。其次，后期的管理运维和校验也是不小的压力。再次，还需要一系列配套的网络和仪器。最后，还得与厂家联手，进行不厌其烦的沟通与协调……

可谓困难叠着困难，荆棘交叉着荆棘。

“任何新事物一开始都不可能是成熟的，正因为不成熟，我们才想着不断地去完善它，使它趋于成熟，”冯新岩说，“我们走的正是前人没有走过的路，只能摸着石头

冯新岩在查阅资料

过河了。”

“预计多长时间，这套系统会比较完善呢？”笔者问。

“3 年，再有 3 年时间，应该会有比较大的突破！”说到这里，冯新岩表情坚定，望着前方，“我在不同的场合都说过，前 10 年是带电检测发展最快的 10 年，未来 10 年将是在线监测技术发展最快的 10 年。现在的阻力是到了一个瓶颈期，但我们有信心冲过去！”

三

“谁的手机响了？”大家看看，还是冯新岩的。笔者笑了，其实不必看，大概率就是他的。

冯新岩接了，专注地听着，而后便是耐心地解说、指导和交代。他的声音有点大，不大不行，那声音有一半被嘈杂的仪器声带走了。

放好手机，冯新岩接着说：“现在我们做变压器故障模拟试验，就是将所有可能发生的故障模拟一遍。换句话说，就是故意让它放电，找出放电规律，发现缺陷和特征，这样才能知道怎样采取更有效的措施来预防和处理它。根据昨天的试验来看，跟我们之前想象的还是很不一样。”

冯新岩在实验室研究信号

“怎么不一样呢？”笔者感兴趣地问。

“昨天试验条件下的放电，打坏了好几套装备，虽然没有爆燃的危险，但是把我们的试验仪器损坏了三个。那场面，好像是进行了一场对抗赛。”冯新岩说。

看来真是实打实的较量，为了谁战胜谁的较量，为了寻求方式方法的较量。

以冯新岩为代表的“电网神医”们，为了守护这些大国重器、中国名片，真可谓想尽了办法，自己为自己出难题，自己为自己找麻烦，而后在烦恼中找出规律。

“头天晚上做完试验快7点了，第二天上午放油，分析试验数据，下午拆解，看看里边怎么调整，写个报告，第三天继续模拟故障，恐怕要在这里一直待到20号了。”冯新岩说。

笔者默默地望着冯新岩，这个瘦弱且坚毅执着的人，这个敢于冲破一切险阻、劈波斩浪的人。

不少人觉得冯新岩已经是中国乃至世界特超高压变压器领域的一流专家，是响当当的“大国工匠”、享受国务院政府特殊津贴的专家，早已功成名就，何必再像以前那样身先士卒，自我加压呢，只在家带带徒弟，讲讲课，凡事让更年轻的人冲在前面不就行了？

但冯新岩不这么认为。挑战自我，不断前进，使中国的特超高压事业更好更快地发展是他由衷的期望，更是沉甸甸的责任。只要冯新岩在岗一天，就会带领团队踔厉奋发，全力以赴，直至登上这一领域的喜马拉雅山巅。

第十六章 小街通着那条大道

一

山东电力超高压公司的王晓亮带笔者去了冯新岩家。

路上，王晓亮不停地跟笔者说着冯新岩的事。

王晓亮说：“冯新岩忙是忙，却是个相当有爱心的人，他关心社会、热心公益，积极用自己的善举传承美德，无论对家人还是对别人。你看，他曾经去小学给孩子捐赠过学习用品，去敬老院慰问过老人，还帮扶了一名困难学生。他还管过那位明叔是吧？只是他自己不愿多说，是个什么都闷在心里的人。在他的影响和带领下，一些同事还组建了志愿者服务队，开展了不少助老扶弱活动。”

王晓亮接了个电话，继续说：“而他爱人呢，你一见就知道了，也是位善良、有爱心的人。你想啊，这么多年，没有她的支持，冯新岩能做到这一切吗？”

“是呀，我早就把冯新岩的那位‘贤内助’在心里描绘过无数遍了。”

我们出发的时候，冯新岩也出发了。

本来想着冯新岩能跟笔者一起回去，对夫妻两个同时采访，可能会有另外的收获，但是冯新岩说他顾不上，只能笔者自己去了。

我们从公司出发，上高架，过闹市区，东转西转，差不多一个小时，来到济南市中区冯新岩经常出入的那条老街。

进入老街，车子速度变得缓慢，缓慢地拐入了一个较为老旧的小区。

二

冯新岩的妻子侯娟娟早已在门口迎接了。

笔者终于见到了冯新岩的“贤内助”。她温柔、贤惠，举止大方，让人一见就有一种亲切感。

侯娟娟热情地招呼我们进门。

王晓亮与他们熟悉，客气了一声，说还要打几个电话，示意笔者独自进去，这样更方便聊。

这是一所普通得不能再普通的居室，大约 80 平方米，客厅很小。没几件像样的家具，还是他们结婚时添置的吧？看得出，两口子都是俭朴持家的人。

虽然房子空间不大，但收拾得整洁、干净。

侯娟娟为笔者递上茶水，笔者道了感谢。

笔者夸侯娟娟漂亮，秀外慧中，一看就讨人喜欢。侯娟娟被笔者说得有些不好意思，说："哪里呀。"

笔者说："我说的是实话，你这么好看，当初追你的人一定不少。"侯娟娟笑笑，露出好看的两个酒窝，算是承认了。

"那个时候多大呢？ 22 岁？还是个小姑娘啊。那么，他是你的初恋吗？"

侯娟娟点点头，说："哪像冯新岩，他还谈过两个女朋友呢。"

"他说的？"

"是啊。他说不需要瞒我。可我听了还是不大高兴。"

我们笑了起来。

侯娟娟慢慢地放开了。

笔者问：“为什么选择了冯新岩？是不是他表现得比较直接，还有些浪漫？”

侯娟娟有些羞涩地说：“也确实，当时我刚出省卫校校门，还很青涩。实际上，他并不是一个浪漫的人，过生日从来不送我鲜花，顶多买个蛋糕啥的。”

她顿了顿又说：“不过，婚姻是一辈子的事，自己也想找一个忠厚可靠的伴侣。说起外貌，冯新岩真的不算出众，就是觉得他老实，值得自己托付。”

笔者说：“我知道你对冯新岩特别支持，为了照顾家庭，还把自己喜欢的工作辞掉了。”

侯娟娟说：“唉，谁让我嫁给了冯新岩呢，原来不知道他这样忙。”

笔者说：“你也不知道他成了‘大国工匠’，这么受人尊敬。”

侯娟娟笑了，说：“你说话还挺逗的。”

笔者说：“生活中很多事情都是双刃剑，也许顾了这一面，那一面就平常了。他还有什么特点吗？”

侯娟娟说：“别看冯新岩四十多岁了，其实他就是围着

冯新岩（左一）在希望小学进行捐赠活动

变压器转，去的地方都是露天野地，所以他对社会跟我一样，没有多少经验。”

而后她又追了一句：“我说的‘经验’你懂吧？”看笔者点了点头，她又说：“这一点倒也是我喜欢的。”

三

笔者说：“冯新岩工作忙碌，幸亏有你这个贤内助，他在外才能安心无忧。”

侯娟娟一提嘴角，而后盯了一下腕表。

笔者想起王晓亮跟笔者说的，侯娟娟3点要去接小女儿放学。早上8点去送，11点接，吃了午饭再去送，3点再接。

“听说你的大女儿上高中了，而且学习成绩不错！”笔者说。

侯娟娟点点头，说：“大女儿在省实验中学上高二，那里离家远，为了孩子，又在学校附近买了个‘蜗居’。冯新岩不出差，就去那里，接女儿下晚自习，第二天再送过去。他要是出差，就只好自己接了。”

也就是说，冯新岩出差的时候，侯娟娟得两头跑，独自照顾两个女儿。

这真是麻烦。笔者也是家长，孩子的接送得占去不少时间。尤其是早高峰，跟打仗似的。而学习也是一件大事，需要父母格外上心。

侯娟娟说：“冯新岩在家里的时间太少，有时候一出去甚至长达三四个月。一年里，他能有半年在家就算烧高香了。”

笔者说：“只不过这些年咱们国家电网发展太快，尤其是上了特高压后，冯新岩要攻关，要科研，要检修，自己又分身乏术，事业和家庭不能二者兼顾，这一点你一定十分理解，要不你也不会那么支持他。”

侯娟娟说：“是呀，你说的是，我主要是担心他的身体，他拼得太狠，紧张的时候，真的是昏天黑地。每天电话没个停歇，有时候在家吃着饭，电话忽然就来了，他接起来半天放不下，不知道那顿饭什么时候能吃完。等再端起碗，饭早凉了，甚至有时候刚端起来，电话一响，他就跑出去了……”

侯娟娟说着，咬咬嘴唇。

很难想象，柔弱的侯娟娟每天怎样骑一辆电动车，穿行于繁闹的大街小巷，而她的心境又是多么焦灼。

侯娟娟说话细声细气，脾气应该不错，笔者问：“这么多年，和冯新岩产生过矛盾吗？”

哪知侯娟娟说：“怎么可能没有矛盾？几乎所有的‘矛盾’都是围绕孩子。我实在累啊，我的朋友、同学都在单位上班，开开心心，有自己的圈子，我却每天从早到晚地围着孩子转，一刻不停。晚上还要看着孩子写作业，有时，脾气就不知不觉地上来了。新岩脾气慢，但我每天面对这些事情有时实在忍不住。”

侯娟娟停顿了一下，又说：“他也免不了劝我几句，一劝我就觉得更委屈。其实，我也很想出去散散心，看看外面的世界，人家发的朋友圈都是天南海北的，我呢，几乎连逛街的时间都没有……”

笔者理解侯娟娟的诉说。时光会有褶皱，也会有裂痕，但那种裂痕就像瓷瓶上的开片，是一种自然现象。失去了，反而没有了味道。

作为妻子，侯娟娟并不想成为冯新岩的依附品，她支持丈夫，是一个妻子的自觉，也是一个电力职工家属的责任。事实上，他们有家庭的儿女情长，夫妻的相濡以沫。为了孩子，小争小吵在所难免。这便是生活，柴米油盐，只是冯新岩身上的烟火气稍微少了一些。

笔者说：“这一点我也顺便说冯新岩了，王进他们都有劝他。他现在正在搞尖端项目，成功了，可能就轻松一些。这段时间你也确实不容易，孩子正在学习的关键时期。”

冯新岩参加爱心志愿活动

四

侯娟娟美丽，又恰是最好的年龄，这样的女子理应成为大众的宠儿，成为行走在路上的一道亮丽风景。而她却只能在学校和家两点一线之间日复一日地奔波，衣着简朴，神情疲惫，缝补浆洗，锅碗瓢盆。

一个女子最美好的年华就这样被慢慢地消磨掉了，抬头时，不觉已过去半生。

笔者说：“其实，可以让父母来帮着照料照料孩子，你没事出去走走。”

侯娟娟说：“我父母的年龄都很大了，弟弟家还有孩子。公婆年龄也快 80 岁了，婆婆有心脏病，腿脚不利索，公公心脏也不好，有一次还脑梗住进了 ICU……”

笔者只好安慰侯娟娟：“也许等冯新岩退休就好了。”

侯娟娟说：“我也这么想过，可谁知道呢，也许退休后他还那么忙……”

笔者说：“他虽然很忙，但对你和孩子还是很上心的，听他的徒弟赵廷志说，出差时他们住在一个房间，冯新岩每天晚上都给小女儿打视频电话，哄她睡觉。”

侯娟娟说：“是，他对我挺好的，也尽其所能地对孩子好，只是这些年越来越顾不上家了。孩子天天见不上他的面，他连一次家长会都没开过。大女儿中考的时候，他没有陪在跟前，现在，她经常在磨爸爸，说高考的时候爸爸一定要陪着。”

侯娟娟说不下去了，倚着门框，转过身去。

笔者走过去，轻轻地拍了拍她的肩膀。

侯娟娟回转身，已是哽咽不止。

五

侯娟娟慢慢地平静下来，坐到凳子上，捏弄着自己的指甲。显然，她为刚才的失态感到有些不好意思。

这时，窗外下起雨来，雨声越来越大了，侯娟娟走过去把窗户关上。而后她有些担心地说：“今天，新岩又出现场了，而且要穿过泰山，不知道路上会不会遇到大雨。”

笔者说：“不要紧，他会照顾好自己的，你不用担心。”

侯娟娟说：“就是担心也没用，他该怎样还怎样，回来也不给你说。”

后来笔者知道，这天冯新岩他们确实遇到了大雨。

出发的时候，天空还是一片晴朗。天气预报也没说有大雨，只说阴间多云，怎么就忽然来了一个下马威？

也只能面对了。当时他们在驾车冲过泰山山脉，雨将道路变成了一片白烟。没有想到，秋天了，雨还那么猛，像把周围山溪的水都吸上去似的。

迎着雨雾，进入泰安地界，大雨终于慢慢地变小。冯新岩等人到达泰山变电站的时候，雨停了。

侯娟娟看着表，忽然说：“哎呀，对不住，我得去接孩子了！”说着站起来，抓起外套。

笔者只好也朝外走去。

侯娟娟说：“真不好意思，你看看你来采访冯新岩，我却说了这么多，让你笑话了。”

笔者说：“其实我知道你只是说说，实际上却对冯新岩很好。”

侯娟娟说：“是呀，我也是把你当成了姐妹，平时没人说，今天说得亲切，才冒出了这么多牢骚。”

笔者说：“我没有这种感觉，倒是感觉你这人没城府，交心，亲切，挺让人愿意跟你拉话。”

侯娟娟说：“我也是，你没事常来我家坐坐啊。”

笔者说：“好的。”

侯娟娟很快走向了车棚。

六

王晓亮在不远处等笔者。说起侯娟娟的辛苦，他也感慨道："歌里唱'军功章里有我的一半，也有你的一半'，没错的。作为超高压公司职工的另一半，注定要比普通人的妻子承受更多的辛劳。记得广固变电站验收那会儿，工期特别紧张，三班倒，吃住都在工地上，根本回不了家。还有沂南换流站投运时，一年300多天都守在工地上。"

"超高压公司的工作性质就是如此，东奔西跑，出差是常事。不过，既然选择了这份工作，就得习惯，就得理解。"这是冯新岩的话。

雨后的阳光那么透亮，柔软的白云缓缓地飘着。

车鸣声，喧嚷声，鸟叫声交织在一起。老街上的一切犹如一曲跌宕起伏的旋律，荡漾在尘世的上空。

第十七章 万家灯火的『守光人』

一

1000 千伏特高压泉城变电站。

作为特高压入鲁“第一站”，这座变电站有 12 台主变压器，一台变压器的重量相当于 100 多头成年大象。加上 GIS、架构、避雷器等各种辅助装置，它像极了一座威严的列阵。

站在变电站，你会产生一种面对巨人般的恐惧和压抑。

机器持续地发出轰鸣声、电晕声，与蹿来蹿去的风交杂在一起。

冯新岩说：“搬运这些大家伙着实不容易。两辆奔驰V8驱货车头，以1200匹马力牵引128个轮子的运输车，像一只巨大的蜈蚣，在路上慢慢地爬行。从东营港到滨州，再从滨州到济南，200多公里，爬行了两天一夜。而上面端坐的，仅是一台变压器。”

目前，山东电网有75台特高压变压器在运行，最重的差不多有750吨。

二

这些巨无霸说明什么？说明中国已从超高压时代大踏步地跨入了举世瞩目的特高压时代。

随着特高压及变电站覆盖全国各地，形成了一个高效、稳定的电力传输网络，为中国的经济社会发展提供着坚实而可靠的电力保障。

以冯新岩为代表的特高压人，经过不懈的努力，全心参与变压器检修技术突破，完成国际标准的制定与转化，深刻改变了国际标准的话语权，证明中国人完全可以闯出一条科技自立自强的创新之路。

冯新岩（右一）与老师们合影

而今，特高压这张“金色名片”，作为落实“双碳”目标的一项战略技术，正在为实现碳达峰碳中和目标，构建人与自然生命共同体作出新的更大贡献。

三

庞然大物矗立在那里。

冯新岩扎上安全带，带上工具，顺着爬梯，一步步爬上高高的变压器。

检测是全方位无死角的，冯新岩打开了检测仪。

在另一座变压器旁边，冯新岩长期蹲在那里不动，竟然蹲了近一个小时。他紧盯着直流电阻测试仪屏幕的数字，与徒弟一起记录着，交流着。

风声尖啸，雷声轰鸣，这是大雨来临之前的预兆。

冯新岩又乘着升降车升到一个高位，站在上面查勘另一处设备。

升降车升得很高，笔者在下面看冯新岩很小，只能看到蓝色的工装和显眼的红色安全带。

冯新岩说：“有时候检测，只要有需要，就尽可能地在雷雨之前完成，否则不仅会受到影响，也会耽误判断。判断越早越及时，就越能够保护变压器，保证电网的正常运行。”

机器轰鸣，银线如织。

在一个环境里待久了，笔者感觉有些头晕，恍惚觉得云在动，设备也在动，似进入了一个幻境，揉揉眼睛，又回到现实。

夏季，烈日炎炎，地表温度超过了50摄氏度，变压器摸上去火烫；严冬，寒风从变压器之间呼啸而过，钻心刺骨。

笔者望着正在检测的冯新岩，与青天、乌云融为一体的冯新岩，与空阔、寂寞融为一体的冯新岩。

“周照无极，山海光明，长乐未央。”

冯新岩和他的团队，何尝不是一道光呢？一道闪亮的奋斗之光，一道温暖的大爱之光，一道坚毅的信念之光，也是一道昂扬的希望之光！

冯新岩（左二）在拉普兰顿大学学习

后　记

冯新岩不善言谈，但谁能否认，他的胸中没有江河万里、崇山峻岭？冯新岩的江河崇山就是特超高压变压器。25年来，他将全部心力倾注到了变压器上。一个人的荣辱兴衰也与这国家的“重器”与“国宝”相关。

虽然同为国家电网人，但说实在的，我之前对于特超高压并没有太多了解。我只是与众人一样，默默地享受着“电”带来的极大便利。直到走近冯新岩，我才了解了现在“电”之所以如青天常在，是因为有了特超高压及以冯新岩为代表的为此而无私付出、兢兢业业的“战士”。

采访冯新岩，其实也是心灵自我洗涤的一个过程。面对这样一位不随大流、将一生付之于“变压器”的人，你不可能不为自己虚度时光而惭愧，也不可能不为自己辗转于人际应酬而含羞。是的，冯新岩是一个纯粹的人。正是因为他心地的纯粹，方使他在别人退避的领域成为精英，成为众人高山仰止的对象。从这一点上看，时光老人是绝对公平的。

我对冯新岩充满了敬重。我只能用文字记录他的言行，为他奋斗的历程留下雪泥鸿爪。而他，正在为中国的特超高压事业持续拼搏，在荆棘丛生中探索着未来的一切可能。

我祝福以冯新岩为代表的特超高压人，愿他们在劈波斩浪、风雨鏖斗的同时四季无恙，一切如意。愿上苍护佑他们。

同时，我感谢因这本书而结缘的朋友们，是你们的鼓励与信任使我完成了它。

新岁已启，安祺东升！

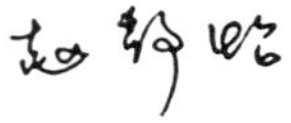

2025 年 1 月